〈児童文学ファンタジー〉の星図

アンデルセンと宮沢賢治

大澤千恵子

GTP 東京学芸大学出版会

目次

凡例

・デンマーク語のカナ表記について
原則として原語の発音に準じたカナ表記とするが、我が国において通称があるものは、これを用いる。
（例）ハンス・クリスチャン・アンデルセン、コペンハーゲン、オーデンセ
尚、その他のデンマーク語の人名（実在・架空共）の表記については、デンマーク語の発音に最も近いものを採用した。

・アンデルセンの作品の和訳は、すべて筆者が行った。その際、大畑末吉訳『完訳アンデルセン童話集』全7巻、岩波書店、一九八四年を参考にした。

・アンデルセンの作品については、H. C. Andersen, *Samlede Eventyr og Historier*, København, Jubilæums-udgave, 2001.（本文中では、［SEH］として頁数を表記）。

・宮澤賢治の作品は、『【新】校本宮沢賢治全集』全十六巻・別巻一（全十九冊）筑摩書房、一九九五〜二〇〇九年を定本とした（本文内では、［巻数 編］として頁数を表記）。
（例）十一巻本文編一三一頁　↓　［十一 本 131］

序章　〈児童文学ファンタジー〉の星図とは何か

子どものための物語の星図

「ほんたうにこんなやうな蝎だの勇士だのそらにぎっしり居るだらうか、あゝぼくはその中をどこまでも歩いて見たい」。宮沢賢治の童話『銀河鉄道の夜』の主人公ジョバンニは、銀河のお祭りの晩に時計屋に飾られた星座早見の「ふしぎな獣や蛇や魚や瓶の形に書いた大きな図」［十一　本 131］を見ながら思う。

本書は、ジョバンニが見入った星座早見と同じように、子どものために書かれた空想的な物語について、ある方向からみえる全体像をみていこうとするものである。輝く星々の連なりを見出だし、生み出された星座は意味を持っているが、星座早見は、それらが夜空の全体にどのように位置づけられているかを俯瞰する星図として眺めることができるものである。

ここでいう星々とは、物語の中に通底していたり、基調をなしたりするような要素である。また、星座として表すものは、やや幅広い意味をもつ。その要素同士が一つの作品、または異なる作品間で繋がりをもっている場合を指し示すこともあれば、創作のありようも含めた作品の構造を表す場合もある。星図は、ある時期、ある方向に広がる夜空を眺めることで見えるパノラマである。したがって、星図を読むことは、構成要素としての星々や星座の詳細を明らかにするとともに、それらによって織りなされる全景も同時に見ていくことを表している。

このように、空想的な児童文学の様式や領域、物語群を全体像として捉えようとする試みは、宮沢賢治が自己の童話作品世界の全体を「イーハトーヴ」と呼び、地名として表そうとしたことから着想を得ている。

「イーハトーヴ」について解説している、賢治自身による童話集『注文の多い料理店』の新刊案内をみてみよう。

イーハトーヴと児童文学

イーハトヴは一つの地名である。強て、その地点を求むるならばそれは、大小クラウスたちの耕してゐた、野原や、少女アリスが辿《ママ》つた鏡の国と同じ世界の中、テパーンタール砂漠の遥かな北東、イヴン《ママ》王国の遠い東と考へられる。

実にこれは著者の心象中に、この様な状景をもつて実在した

ドリームランドとしての日本岩手県である。

そこでは、あらゆる事が可能である。人は一瞬にして氷雲の上に飛躍し大循環の風を従へて北に旅する事もあれば、赤い花杯の下を行く蟻と語ることもできる。

罪や、かなしみでさへそこでは聖くきれいにかゞやいてゐる。
深い掬《ママ》の森や、風や影、肉之草《ママ》（「月見草」の誤植か）や、不思議な都会、ベーリング市迄続々《ママ》（「く」の誤植か）電柱の列、それはまことにあやしくも楽しい国土である。この童話集の一列は実に作者の心象スケッチの一部である。それは少年少女期の終り頃から、アドレッセンス中葉に対する一つの文学としての形式をとつてゐる。［十二校10］

賢治は、「イーハトヴは一つの地名である」として、デンマークのアンデルセン童話やイギリスのルイス・キャロルの児童文学、またインドの詩人タゴールの詩編、文豪トルストイが題材にしたロシア民話と同じ地平にあるとしている。その世界は、現実世界ではなく、あくまでも著者の心の中のイメージの中にある。そのため、あらゆることが可能であり、天空と地上、マクロな世界とミクロな世界を自在に行き来できるし、罪や悲しみも輝く摩訶不思議な楽しい国土なのである。このようにイーハトーヴについて説明しつつ、それが子どもための文学の形式をとっているという。

賢治は自らの作品について「童話」という呼称を用いているが、当時の時代性に鑑みれば今日的には児童文学（Children's Literature）とも言い換え可能である。どちらも「子どものために書かれた、子どもの本」[1]だからである。実は元々両者の区別はそれほどはっきりとはしていない。児童文学は、近代西欧に誕生した比較的新しい文学の領域だが、近代以前の神話や昔話を源泉にもつため、とくに後者とは明確に区別しづらいのである。研究上は区分されるのだが、イーハトーヴと地続きであるものとして、以下の作品を挙げることができる。

一七世紀フランスのC・ペロー「眠れる森の美女」「サンドリヨン（シンデレラ）または小さなガラスの靴」、一九世紀ドイツのグリム兄弟「白雪姫」「ヘンゼルとグレーテル」、一九世紀デンマークのH・C・アンデルセン「人魚姫」「はだかの王様」、一九、二〇世紀イギリスのルイス・キャロル『不思議の国のアリス』やJ・M・バリの『ピーター・パンとウェンディ』、A・A・ミルンの『クマのプーさん』、C・S・ルイスの「ナルニア国物語（年代記）」、J・K・ローリングの「ハリー・ポッター」シリーズなどがある。厳密にはアンデルセンまでは童話[2]（英語圏ではフェアリーテール・妖精物語）であり、その後は児童文学である。

しかし、ものを言う動植物や妖精などの超自然的存在が登場したり、不思議な出来事が次々と起こったりする「ファンタジー」であるという点で共通している。

空想的な物語としての「ファンタジー」

児童文学研究の観点から、「ファンタジー」についてみてみよう。『オックスフォード世界児童文学百科』では、「児童文学の枠組の中では、口承の作品とはちがい、特定の作家によって創作され、通常は長編小説の長さをもち、超自然的、非現実的要素をふくむフィクションをさす文学用語[3]」と定義されている。

また、『英米児童文学辞典』では「広義には「想像、幻想、気まぐれ」のような意味をもち、文学用語としては「空想物語」を意味する。また、児童文学の領域でファンタジーを定義する場合には、現実には起こり得ないことが生じ、現実には存在しないような者が登場しながら、独自の法則にのっとったリアリティをもち、子どもたちの想像力を刺激する作品をひっくるめて言い表わす言葉として使われる[4]」と説明されている。

同辞典では、混同されやすい妖精物語（フェアリーテール）についても言及がある。「ファンタジーは近代の文学形式で、通常、昔話や神話・伝説・寓話などの伝承文学は含まれず、作家個人の手によって創作されたものをいう」が、「しばしばファンタジーと混同されるフェアリーテール（*fairy tale）は、その名の示すとおりもともと妖精や魔法が登場する物語で、古代・中世の伝承文学やその枠組みを踏まえたものが多い[5]」と両者を区別している。

しかし、一方で不可分なところもある。先に挙げた『オックスフォード世界児童文学百科』には、「ファンタジーは、口承の妖精物語と深くかかわりをもっており、イギリスにおけるファンタジー作品の誕生は、19世紀、口承の妖精物語にたいする関心が復活し、それが高く評価されるようになった時期と一致している[6]」と深い影響関係にあることが示されてもいる。

このように、児童文学の中で「ファンタジー」と呼ばれる物語様式は、誕生以前からあった妖精物語と空想性という点で深く関わるものなのである。妖精物語と空想的な児童文学は研究上は区分されながらもはっきり線引きできないグレーゾーンをもっているといえよう。

そのため、童話や児童文学を包括しながら、空想性を基軸とするような新しい概念が必要なのである。

〈児童文学ファンタジー〉の星図

本書では、子どもを主な対象としており、特に現実とは異なる空想的な別世界が描き出されているものを〈児童文学ファンタジー〉として定義する。〈児童文学ファンタジー〉は、各々の物語世界を貫いている核あるいは根幹とそれによって繋ぐことのできる物語の総体を指す言葉として用いるものとする。物語には、既存の文学領域の他に、映像等の文字とは異なる媒体も含まれる。

〈児童文学ファンタジー〉は、これまで論じられてきた児童文学を「ファンタジー」という視点に焦点を当てて捉え直し、時代や媒体を超えて繋がりをもつ物語群の特徴と意義を考えるための造語である。

この〈児童文学ファンタジー〉を構成する要素として一つ一つの作品に見出だされるものを星、その連なりを星座として捉え、全体像としての星図を読んでいくことが本書の目的である。

したがって、一つの作品あるいは一人の作家だけでなく、たくさんの物語がその対象となるわけだが、特に近代西欧で創作童話を多数誕生させたアンデルセンと、近代日本でそれらを継承しながら独自の童話世界を切り拓いた宮沢賢治を中心に取り扱う。両者は、一人で数多くの童話の創作を行っていることと、古来の物語を継承しつつ構築した世界が後の作品に大きな影響を与えていることから、星座が描かれた星図のように全体像を考察することが可能だといえる。

両者の関係も〈児童文学ファンタジー〉の繋がりをもつ。アンデルセン童話には、多くの星の原型を見出だすことができる。妖精物語と児童文学の橋渡しをしており、イギリスを中心とした児童文学の興隆に多大な影響を与えるなど、本書で述べる〈児童文学ファンタジー〉の様々な星座を形成した。それらは、現代的媒体としてのディズニー映画や宮崎駿作品まで繋いでいる。対して賢治は、西欧の童話や児童文学を読み、それらと同じところに自らの童話を布置し、作品の創作や改稿を行った。その際自らの童話の特性についてもしばしば解説をしており、そこに書かれている内容は、全体像としての星図を明らかにするうえで非常に示唆的である。

本書では、〈児童文学ファンタジー〉の星と星座の原型についてアンデルセン童話を基軸としながらその展開を通して考察し、宮沢賢治の言葉や童話作品から、その星図についても明らかにしていくことを試みる。

アンデルセン童話に輝く夕星

まず、〈児童文学ファンタジー〉の核となるアンデルセンの童話の特徴をみてみよう。アンデルセン童話は、近代的な児童文学と伝統的な妖精物語の橋渡しをしているが、そこに夕暮れの空に輝きはじめる夕星《ゆうずつ》——宵の明星を見ることができる。例えば、アンデルセン以前のペロー童話やグリム童話では、妖精が現れて魔法を使ったり、動物が言葉を話したりしても登場人物は驚かない。物語の中では彼らも同じ地平の一元的世界にいるからである。しかし、アンデルセン童話の中には、それらの世界が地続きではなく、別の位相にあることを認識している登場人物が現れている。

その要因として一九世紀に生きたアンデルセン自身が、近代と前近代双方の価値観を併せ持っていたことが挙げられる。たとえば子どもの死が描かれる際にも、キリスト教的な考え方と北欧デンマークのフォークレリジョン（土着的な民間信仰）、さらには近代的な科学的思想の要素が混じり合っているのである。

アンデルセンの中では、自身のキリスト教信仰と、北欧の風習・伝承と科学的思考とが矛盾することなく混在し、童話の世界の中に顕現されていた。そのことは、登場人物たちが日常を営む現実世界と空想の別世界という多重構造に繋がっている。

このような現実と空想の多重構造は〈児童文学ファンタジー〉の発端ともいえる夕星であり、枠物語と呼ばれる文学の一様式でもある。

しかし、異なる世界ではあっても、何かのきっかけがあれば移動が可能であり、最初は戸惑いつつも、次第にその世界に馴染んでいく。多くの場合、最終的に再び現実世界に戻るのだが、登場人物は別世界の経験を通して成長しており、元の世界とはやや異なる、新たな現実世界が立ち上がっている。

要するに、A（現実世界）→B（空想世界）→A'（やや異なる現実世界）となっているのであり、別々に存在する現実と空想の二つの世界を行き来することで、微細な変化が生じているといえる。A'の世界は、空想の世界ではないが、かといってそのままの元の現実世界でもない。空想世界の影響を受けて再構築された現実なのである。そのことは物語の中で描かれる死をみてもわかる。

「マッチ売りの少女」における二重写しと入れ子構造

代表作の一つで子どもの死が描かれている。「マッチ売りの少女」(“Den lille pige med Svolvstikkerne”)は、短い悲劇的な物語であるが、現実と空想の往還構造を持ち、そこに〈児童文学ファンタジー〉の特性が多く含まれている。

貧しいマッチ売りの少女は、寒さのあまり、売り物のマッチに火をつけて温まろうとする。マッチが擦られて火が付くたびに、暖かなストーブやたくさんのごちそう、クリスマスツリーなどが現れるが、それらは幻で、火が消えると同時に消えてしまう。

マッチの火がついたり消えたりするのと同じように、現実と幻想が交互に入れ替わる場面が繰り返された後、最終的に少女は幻想の中に現れたおばあさんに抱かれ、おなかのすくことも寒いこともない天の世界に昇っていく。

ここで注目したいのは、少女が死んだ最後の場面である。翌朝亡骸を見つけた街の人々は気づいていないものの、頬には赤みがさして口もとには微笑みさえ浮かべている少女は、別世界へ行って幸せに暮らしているのだと著者は語る。

要するに、現実の死と死後の永生という相反するものが、同時に表象される二重写しとなっているのである。アンデルセンは二重写しの中で後者を確信しており、巧みに読者を誘っている。死後の世界は言うまでもなく目に見えないものであるが、マッチの火をつけた時に見えた魅惑的なヴィジョンによってイメージしやすくなっている。優しいおばあさんとかわいそうな少女の情愛が胸を打ち、死後の永生を信じたい気持ちも湧き上がってくるのである。

それだけではない。この物語には、信じるための仕掛けをもう一つみることができる。おばあさんに抱かれて少女が高く昇って行った天の世界は、マッチを擦った際に見えた幻想の世界と繋がってはいるものの、それとは異なる世界として描かれているのである。少女が行った世界のことは、詳しく語られてはいない。しかしマッチを擦った時に見えた幻想のヴィジョンの明滅によって想像力を刺激された読者はそのイメージをもつことが可能となる。物語の現実と幻想の奥にある、この神秘的で密やかな世界が開かれるとき、読者の現実世界も物語に取り込まれ、現実と幻想は何重にも多重化する。「マッチ売りの少女」は、物語の現実と幻想、その奥の世界、さらにそれを知っている読者の現実、という入れ子構造の中で、少女の永生を信じることが促されているのである。それは、生命の永遠性への信頼となる。こうした二重写しや入れ子構造は、本書で述べる〈児童文学ファンタジー〉の中でひときわ輝く星々である。

作者の創作における現実と空想の多重化

さらに、「マッチ売りの少女」の多重構造には、作品という空想と創作という現実の行為も含みこまれる。創作の際に、想像力を広げる発端となる、作者アンデルセンの現実の記憶や目の前のイメージとの統合が行われているのである。

この物語は、アンデルセンの母親が幼い子どものときに「両親から物もらいに家を出されたが、それがどうしてもできないので一日じゅうオーデンセ川の橋の下にすわって泣いていた」[7]という話がモチーフとなっている。

そのような経緯も相まって、少女に対する作者アンデルセンの温かいまなざしを見て取ることができる。少女は貧しくはあるけれども、美しい装いをしているという描写にもそれが表れている。

雪がひらひらと舞い落ちてきて、うなじのところでカールしている、少女の長い金髪を美しく飾りました。けれど、自分がそのように美しいよそおいをしているように見えるなんてことは、ちっとも考えていませんでした。［SEH279］

少女の美しい金髪に真っ白い雪がちりばめられ、美しく華やかな姿が強調された視覚的描写に富んだ場面である。[8] この場面自体は、さほど重要な意味をもつものではないが、この物語を創作するにあたりアンデルセンが一枚の絵から想起したイメージを思わせるものである。

既にデンマークでは有名な作家になっていたアンデルセンは、ある公爵夫妻から招待されてその城館に滞在していた際に、編集者から頼まれて三枚の木版画のどれかを題材に童話を書くことを求められた。[9]

そのなかの一枚の木版画に描かれた少女の姿が、先述の母の思い出話と結びつき、「マッチ売りの少女」の発端となるイメージを喚起したのである。絵を通して、もう一つの世界としての空想世界の扉が開かれたといえるだろう。

このような創作のありようは、すべての作家・作品に当てはまるわけではないが、アンデルセン以降児童文学の黄金時代を迎えたイギリスの作品のいくつかや、二〇世紀児童文学の最高峰といわれるC・S・ルイスの「ナルニア国物語」、宮沢賢治の童話にもみることができる。

イメージの展開と別世界の創造

アンデルセンは一つ一つの童話のイメージを意識的に繋ぐことはなかったが、イギリスの児童文学作家たちのなかには、一つの小さなイメージから始まり、複数の世界や壮大な歴史にまで拡大させて物語を創作する者も現れた。前者は『ピーター・パンとウェンディ』(*Peter and Wendy*, 1911)の作者J・M・バリと、『クマのプーさん』(*Winnie-the-Pooh*, 1926)の作者A・A・ミルンである。

J・M・バリの児童文学『ピーター・パンとウェンディ』は、もともと戯曲『ピーター・パンあるいは大人になりたがらない少年』(初演一九〇四年、全三幕)として上演され大ヒットしたものを小説化したものである。

しかしバリの中には、空を飛べる、大人にならない少年ピーター・パンのイメージはそれ以前の小説『小さな白い鳥』(*The Little White Bird*, 1902)からあった。バリは、生まれたての子どもはみんなもともと鳥であったというイメージをもっていた。

当時親交のあったディヴィス家の赤ん坊と同じ名前の、物語のピーターは、「生まれたときに母さんが目方を量るのを忘れたので、まだ飛ぶことができ」、「窓から飛び出して、ケンジントン公園へ帰ってしまう。[10] こうしたイメージは、最初は断片的であったものが、デイヴィズ家の子どもたちとの遊びや会話の中でどんどん広がっていたことが、バリの手帳のメモからもわかる。[11] ピーター・パンが誕生する過程について詳細な検討をしているアンドリュー・バーキンは、空を飛べる赤ちゃんであるはずの弟ピーターがなぜベビーカーの中にいるのか、という矛盾から二人目のピーターとして、ギリシャ神話の牧神パンになぞらえてピーター・パンと名付けられたとしている。[12]

バリや子どもたちの目の前の現実と、鳥でも人間でもない中途半端さや、自由闊達さが、葦笛を吹き鳴らして遊ぶ半神半獣のパンと結びついたのであろう。そして、ピーター・パンの住む、自由で愉快な国、海賊や人魚と遊ぶネバーランドが創造されていったのである。

また、今日あまりにも有名なクマのぬいぐるみである「プーさん」のイメージが断片的に最初に登場したのは、『クマのプーさん』が出版される二年前の一九二四年に出版された童謡集『クリストファー・ロビンのうた』(*When we were young*) の中の「テディ・ベア」という詩においてである。のちに「プー」となるこのぬいぐるみは、当初「エドワード・ベア」の名で登場していた。当時三歳だったミルンの息子、クリストファー・ロビンが持っていたテディ・ベアのぬいぐるみがモデルであった。その後、少し大きくなった息子のために、彼のもつぬいぐるみが森の仲間たちとなって活躍する物語を構想したものが『クマのプーさん』となったのである。

翌一九二七年に刊行されたミルンの第二童謡集『クマのプーさんとぼく』(*Now We Are Six*) でも、いくつかの詩の中に「プー」が登場したり、挿絵の中に「プー」とその仲間たちが描かれたりしている。この童謡集は、プーが友達のピグレットを探しているうちに、自分の本とは別のこの本に迷い込んでしまった、とプー自身が話していることからもわかるように、多重化された世界観が広がっているのである。一九二八年には同様の世界観をもつ続編『プー横丁にたった家』も発表され、クリストファー・ロビンとプーの別れも描かれている。

さらに、二〇一八年に公開された実写版のディズニー映画『プーと大人になった僕』（*Christopher Robin*）では、大人になったクリストファー・ロビンとプーは再会を果たしている。作者が亡くなった後にもその世界観は受け継がれ、プーの物語が無限に展開していく可能性を持っていることがわかる。

壮大な「ナルニア国物語」の創造

壮大な年代記としてそうしたイメージの連なりをまとめ上げたのは、ナルニアシリーズで知られるC・S・ルイスである。C・S・ルイスは、「ナルニア」という国の誕生から滅亡までを描いたが、その始まりは、やはり絵のように断片的なイメージであった。

まず、いくつかの絵が見えるのです。そうした絵は一つにまとめられるような共通の風味、ほとんどに共通のにおいとでもいうべきものをもっています。じっと静かに見守っていると、絵はひとりでに寄りあいはじめます。[13]

頭の中に浮かび上がったイメージの連なりの中でできた隙間を埋めていくのが物語を書くという作業だというのである。

そして、ナルニア国の滅亡が描かれる物語の最終巻には、この物語の創作に関わる入れ子構造が明かされる。登場人物たちも読者も、今までナルニアだと思っていた世界は、実は絵のようなもので、別のところに真のナルニア国があるというのである。しかも、登場人物たちが、現実世界の鉄道事故による死を通して入っていくのだと、ナルニア国の創造主にして救世主であるアスランは語る。

要するに、C・S・ルイスの頭の中に浮かんだ絵のようなイメージが繋ぎ合わされてナルニア国が創られ、さらに物語で語られたナルニア国も、物語中の登場人物と読者の双方の頭の中に絵のように浮かんだイメージに過ぎず、真のナルニアがその奥にあるという多重構造となっているのである。

このように著者の現実と空想、物語中の現実と空想、そのイメージのまた奥の世界、さらにそれを読む読者の現実と空想というような何重もの入れ子構造を「ナルニア国物語」も持っているのである。先に述べた「マッチ売りの少女」に連なる〈児童文学ファンタジー〉であるといえる。

幻灯として読む童話「やまなし」

宮沢賢治の童話創作にも同じようなイメージの連なりによって開かれる物語世界があるといえる。教科書教材として定番となっている童話「やまなし」の冒頭は、「小《ちひ》さな谷川《たにかは》の底《そこ》を写《うつ》した二枚《まい》の青《あを》い幻燈《げんとう》です」［十二本125］という語りから入っている。幻灯とは、スライドに光を当てることで映し出される映像である。物語自体が、「五月《ぐわつ》」と「十二月《ぐわつ》」の幻灯として映し出された絵のようなイメージということである。イメージ世界を示唆する語り始めは、物語の虚構性を宣言する枠物語のバリエーションであると解される。[14]

物語の最初と最後に「幻燈《げんとう》」であることが宣言されていることから、五月と十二月の風景として映し出された幻灯のようなイメージから想像力が広がって創作されたとも考えられる。物語中では、わずかしか登場しない「やまなし」が題名となっていることはこの物語の謎の一つであるが、幻灯であることに着目するとある仮説が立てられる。

熟したやまなしが木から落ちて水面に浮かんだその瞬間が、物語の発端のイメージとなり、その時の川底の様子が連鎖的に広がった。すなわち、やまなしが落ちてきた衝撃に驚く川底の蟹たちの世界が、賢治の脳裏に浮かび上がり、まず十二月の幻灯ができた、という仮説である。

そこから、同じように地上からの衝撃を与えるカワセミが出てくる五月の様子にも繋がっていったとすれば、題名がイメージの発端となった「やまなし」であることも首肯できよう。要するに、熟れ落ちたやまなしとそれに驚く川底の蟹、クラムボンがいたり、イサドがあったりする蟹の世界、それを幻灯としてイメージする作者と読者の世界というように、様々な位相の空想と現実が複雑にからみ合った多重構造になっているのである。

このように、アンデルセン、C・S・ルイス、宮沢賢治のような卓越した想像力をもつ〈児童文学ファンタジー〉の作家たちの創作ありようには共通した過程がみられるのだが、理性的に読もうとしたり、道徳的な教訓を引き出そうとしたりすると、余計に訳がわからなくなってしまうのである。

何重にも複雑化した入れ子構造の中に入っていくことは、合わせ鏡を覗き込むようなものである。よって立つ現実の基盤をもてなくなるということであり、空想との区別がつかなくなって眩暈《めまい》が引き起こされる。作品の中で保たれていた均衡に読者が参画することで、一旦その均衡が破られ複雑化するからである。しかし、そうした不可思議さを味わい、そこに身を委ねて楽しむうちに再び新たな均衡が生じる。このことは現実を超える想像力を喚起する。豊かな想像力によって、混沌とした現実と空想の均衡・バランスが保たれる。

作品の入れ子構造の中で目まぐるしく変わる現実と空想のなかで、読者は想像力によって常にバランスを取り続けることが求められるわけだが、実はそのことは、現実の死の超克にも繋がっていく。

生と死への問い、中心に輝く北極星

「やまなし」は、多重の入れ子構造の中で、生と死が描き出されている点も「マッチ売りの少女」や「ナルニア国物語」と共通している。

「マッチ売りの少女」では、少女が昇って行った天の世界として、「ナルニア国物語」では、滅亡したナルニアの奥にある真のナルニアとして、別世界のもう一つ先の世界が存在していることが明かされている。しかし、物語のイメージ世界のその奥にもう一つ先の世界があり、扉は開いているものの、その向こうの世界についての詳細は語られないことが多い。また、死後の世界ではないが、「やまなし」で蟹たちの話題に出てくる「イサド」も詳細は語られていない。

要するに、作者たちは、語ることはできないけれども、密やかで神秘的な世界が確かにあるという「確信」を持ち、登場人物はもちろん、読者ともその世界を共有しようとしているのである。しばしば、その新たな世界の扉は、死という生命の謎に応答する形で開かれる。そのことは、作者自身にとってもイメージの連なりの間を埋める作業であり、生命の謎に対する一つの冒険、探求であることを示唆している。

それは、古来、人間が持ち続けてきた、「わたしたちはどこからきて、どこへ行くのか」という生命の謎、答えの出ない問いを引き継ぐものであり、〈児童文学ファンタジー〉の中核だといえる。したがって、生と死への問いは、〈児童文学ファンタジー〉の星図においてひときわ輝き、夜空の中心に輝く北極星《ポラリス》である。

答えの出ない問いに向き合う力

こうした現実の死を超えた別世界の存在は、死に対する曖昧さを生み出す。死んだけれども死んでいないという物語を受け入れることは、答えの出ない曖昧な状態を受容することでもある。

この曖昧な状態を受容する能力は、一九世紀初頭に活躍し、夭折した英国の詩人ジョン・キーツ（Keats, John 1795–1821）が創作において重要だとしたネガティブ・ケイパビリティ（Negative

Capability)[15]だといえる。この言葉は、受容能力[16]、消極的能力[17]、負の能力、陰性能力[18]などと訳される。精神科医でもあり、小説家でもある帚木蓬生によれば、「どうにも答えの出ない、どうにも対処しようのない事態に耐える能力」や「性急に証明や理由を求めずに、不確実さや不思議さ、懐疑の中にいることができる能力[19]」を意味するという。帚木は、たくさんの人の臨床に関わった精神医学の立場から、人間が生きるうえでも、また作家の立場から、創作するうえでも、このネガティブ・ケイパビリティが大切であるとする。

それは、近代社会が医療や教育の現場で重要視していた問題解決能力のような性急に理解して答えを出す力としてのポジティブ・ケイパビリティとは逆のベクトルをもつものである。

表面上に表れた曖昧さや矛盾を性急に解き明かすのではなく、その苦しさにじっと耐えながら見つめ続けることそれ自体が学習であり、養うべき力なのである。帚木は「わけの分からないもの、解決不能なものを尊び、注視し、興味をもって味わっていく態度を養成する[20]」ことが教育においても大切であると述べる。そして、「その先には必ず発展的な深い理解が待ち受けていると確信して、耐えていく持続力を生み出す[21]」としている。そのことは永遠の生命を信じることとも繋がっている。

二者択一の世界を超える

「謎を謎として興味を抱いたまま、宙ぶらりんの、どうしようもない状態を耐えぬく力[22]」としてのネガティブ・ケイパビリティは、〈児童文学ファンタジー〉を読むうえでも重要である。

曖昧さに耐える力は、〈児童文学ファンタジー〉のなかで語られる不思議さを味わうことに繫がる。

換言すれば、ネガティブ・ケイパビリティによって、「ほんとうかウソか」の二者択一の世界を超えるということである。宮崎駿監督のアニメーション映画『となりのトトロ』には、たくさんのネガティブ・ケイパビリティがみられる。現実と空想の世界が入り混じって、どちらかはっきりしない場面がたくさん含まれているのである。なかでも象徴的なのは、主人公の少女たちが、夜中にトトロたちが畑に蒔いた木の実を一気に育てて大木にするのを見る場面である。翌朝目が覚めて、畑に行ってみると大木はないものの、芽が出ている。その際、「夢だけど、夢じゃなかった!」と小躍りして喜ぶが、まさにそれは子どもたちが性急に答えを出さず、謎や不思議さのなかにいて、むしろそれを楽しむ姿だといえよう。[23]

このように〈児童文学ファンタジー〉は曖昧さを許容する中間領域である。他にも様々な種類の文学を創作したアンデルセンが自家薬籠中のものとしたり、C・S・ルイスがこの形式でしか描けないと感じたり、[24]賢治がどうしてもそうとしか思えないことを書いたりした世界なのである。

〈児童文学ファンタジー〉の創作に共通することは、自ら描いた世界への「確信」を表明するだけでなく、それを読者としての子どもたち(大人も含む)と共有したいという願いもまた持っていることである。現実とは異なる別世界を入れ子構造で語ることで、著者と読者と登場人物がともに生命の永遠性を希求する物語であるともいえる。だからこそ時代も媒体も超えて核の部分で緩やかに繫がることが可能なのである。

〈児童文学ファンタジー〉の星図——アンデルセンから宮沢賢治へ

このような繋がりをもつ〈児童文学ファンタジー〉のありようを明らかにするために、夜空に輝く星々と星座を手がかりとしながら、その全体像としての星図を読み解くことが本書の目的である。〈児童文学ファンタジー〉の特質について理解することは、賢治童話はもちろんあらゆる空想的な物語を読む際の指針を獲得することに他ならない。

まず第一章では、〈児童文学ファンタジー〉における夕星《ゆうずつ》でもあり、北極星《ポラリス》を確立させたアンデルセン童話を取り上げる。アンデルセン童話には、他にもたくさんの星々や、その連なりとして星座をみることができる。そのなかには、古い物語から受け継いだものや、現代の作品に受け継がれているものがある。したがって、アンデルセン童話の様々な要素を理解することは、〈児童文学ファンタジー〉とはどのようなものかを明らかにすることに繋がり、指針となる。

また、多重構造の物語は、私たち読者が当たり前のように前提としている、現実と空想の枠組みを突き崩す。そのため、物語の中にも外にもたくさんの空想と現実の層があることに気づかされる。アンデルセン童話の星々は、その重なり合いの奥に輝いている。

第二章では、〈児童文学ファンタジー〉の継承者である宮澤賢治における宗教と文学の関係性や、賢治が用いた、物語世界全体を表す語としての「イーハトーヴ」について考察する。賢治には、アンデルセンやそれを継承する作家たちによって無意識のうちに形成されてきた物語世界の共通性がみえたからこそ、それらと有機的な繋がりをもつ「イーハトーヴ」の構想に至ったのだと推察される。

要するに、〈児童文学ファンタジー〉の核や根幹を感得し、自身の物語を創作するなかで、異なる世界を舞台とした多種多様な作品群を包括するような、一つの総体が形成されていることに気が付いたのである。

それらを踏まえ、第三章では賢治の代表作『銀河鉄道の夜』を改稿の過程も含めて〈児童文学ファンタジー〉に連なるものとして読んでいく。そこには多重化した現実と空想の中で著者と読者と登場人物とが複雑に絡み合った入れ子構造がみられる。それらを丁寧に紐解き解体しながら、〈児童文学ファンタジー〉の星図に照らし合わせて再構築することを試みる。

さらにいえば、すべての章を貫く全体が〈児童文学ファンタジー〉の星図を読むことでもある。そこには満天の星が輝いている。それらの連なりや全体像へと目を凝らし、読者の皆さんと共に夜空の景観を愉しむように〈児童文学ファンタジー〉の星図を読んでいきたいと考える。

第一章　アンデルセン童話の星と星座

1　アンデルセン童話に輝く〈児童文学ファンタジー〉の星々

1　童話の王・アンデルセン

アンデルセン童話の誕生

童話作家アンデルセンについて紹介しよう。ペローやグリム兄弟の物語の流れを受け継ぎつつ、現実と空想が分かれた「ファンタジー」の扉を開いて、子どもの物語という文学様式を誕生させたのは、デンマークのH・C・アンデルセン（Andersen, Hans Christian, 1805–75）である。

アンデルセンは、幼少期に祖母や糸紡ぎ小屋で働く女性たちから聞かされて気に入っていたいくつかのお話[25]を改めて書きなおして、一八三五年『子どものための童話集』（*Eventyr fortalte for Børn*）の第一巻[26]を刊行した。昔話や民話としてデンマークに定着しつつあったジャンル「エーヴェンチア（短編幻想物語）に独自の境地を拓き、今日の童話の源流となるものを生んだ[27]」のである。

日本語の「童話、おとぎ話、昔話」は、フランス語ではコント・ドゥ・フェ（contes de fées）、ドイツ語ではメルヘン（Märchen）[28]、デンマーク語ではエヴェンチューア（Eventyr）で表される。これらの語は、それぞれの歴史・文化によって語源が少しずつ異なっている。

コント・ドゥ・フェは、妖精（フェ）が登場するようなたわいもない物語（コント）で、メルヘンは民衆の間によく知られている伝承のお話の意味合いが強い。一方、エヴェンチューアは、英語の冒険《アドヴェンチャー》のイメージに近く、ワクワク・ドキドキするお話である。

アンデルセン童話は、もともと子どもだけのものではなかった物語を、子ども向けに再話するところから出発した。したがって、それらは伝統的なフォークロアの空想的な世界と入り交じりながら、読者としての子どもを楽しませることを主たる目的としていた。

つまり、アンデルセンは、読者と登場人物の双方の主軸に子どもを据えたのであるが、グリム童話のように、大人が子どもを教育しようとする意図を持ってはいなかった。例えば、著名なアンデルセン童話の一つ、日本では「はだかの王さま」として知られる「皇帝の新しい衣装」（"Kejserens nye klæder"）では、王さま（原話では皇帝）や大臣をはじめとする多くの立派な（はずの）大人たちが、いとも簡単に詐欺師のウソの世界に取り込まれていく。そんななか、一人の子ども[29]が真実を口にすることで、大人たちのくだらない虚栄を暴き、人々を目覚めさせるのである。

現実と空想が分かれた、古くて新しい物語

アンデルセンは、北欧の厳しくも豊かな自然と土着的な民衆の世界観を素材としながらも、子どもに語りかけるように、平易な言葉や色や音など五感に働きかける巧みな表現を用いた。そのため、物語の中では、見たこともない世界にもかかわらず、眼前に浮かび上がるようなイメージが喚起され、不思議で豊かで面白い、独自の空想世界が構築されている。

アンデルセンの著作には、全百五十六編の童話がある。最初の『子どものための童話集』（一八三五）には、デンマークの民話を再話した「火うち箱」（"Fyrtøjet"）「豆の上に寝たお姫さま」（"Prinsessen på ærten"）「小クラウスと大クラウス」（"Lille Claus og Stor Claus"）の他にオリジナルの創作童話「イーダちゃんの花」（"Den Lille Idas Blomster"）が含まれていたことは画期的であった。

「むかしむかしあるところに……」と始まるような、物語全体が現実離れしたお話の世界ではなく、普通の日常を生きる少女が主人公となり、その夢の世界が空想性豊かに描き出されたのである。物語中の現実と空想世界はそれぞれの領域を保ちながらも、交流が可能となるような多重構造となっている。伝統的な物語とは異なる、創作童話としての「ファンタジー」の誕生であり、〈児童文学ファンタジー〉の夕星であったことは、前章で述べた通りである。

神話や妖精物語の豊かな空想の世界を源泉に持ちながらも、アンデルセン童話がそれらと異なる〈児童文学ファンタジー〉となっているのは、前者が現実と空想の差異がない一元的な物語[30]であるのに対して、後者は一つの物語の中に現実と空想が多重化した構造となっているからに他ならない。そして、何かのきっかけで異なる世界の扉や通路がひとたび開かれれば、それぞれに独立した世界の行き来が可能となる。

むろん、アンデルセンの中で、この多重構造が強く意識されていたわけではなく、以降に発表されたすべてのアンデルセン童話にそれがみられるわけではない。しかし、彼が発表したたくさんの創作童話には、相反する概念が混在していた。

宗教に関しては、キリスト教と土着的な宗教、さらには科学の視点も加わっていた。聖書の言葉を深く信じているような正統的な福音主義者が子どもにも原罪を強調したことには反対だったことは作品からも窺える。アンデルセンは、「全能の神の存在を堅く信じ、また魂が不滅《ふめつ》であることも信じていたが、父親同様、悪魔と地獄の存在を信ずることはできなかった[31]」のである。

このような世界観は、一九世紀デンマークの庶民の宗教の世界すなわち、「教会を中心にキリスト教が絶対の権威をもちながらも、古くからの迷信や民間信仰が少しも矛盾を意識することなく混在していた世界[32]」と、因習的な迷信を退けるような近代的合理主義ともいえる科学的な視点の両面がみられる。

〈児童文学ファンタジー〉のきらめく星々

第一集に続けて出された『子どもための童話集』(一八三六―一八三七)に入っていた、親指サイズの少女が主人公の「親指姫」(“Tommelise”)や先に挙げた「はだかの王様」は今でもよく知られた物語である。「人魚姫」(“Den lille havfrue”)は、『リトル・マーメイド』(一九八九年)としてディズニーのアニメーション映画にもなったし、宮崎駿監督の『崖の上のポニョ』(二〇〇八年)に影響を与えている。

その後の『子どものための新・童話集』(一八三八―一八四二)、『新童話集』(一八四三―一八四八)

には、代表作ともいえる「みにくいアヒルの子」（“Den grimme Ælling”）「マッチ売りの少女」に加え、ディズニー・ピクサー映画『トイ・ストーリー』（一九九五年）へ続くおもちゃの世界を拓いた「しっかり者の錫の兵隊」（“Den standhaftige tinsoldat”）「羊飼いの娘と煙突掃除人」（“Hyrdinden og skorstensfejeren”）や、『アナと雪の女王』（二〇一三年）の世界観に繋がる雪と氷に生命力を与えた「雪の女王」（“Snedronningen”）「雪だるま」（“Sneemanden”）などがあった。

他にも、魔法で白鳥の姿にされた王子たちを妹のエルサが助ける「野の白鳥」（“De vilde svaner”）や、トランクに乗って空を飛んで異国まで旅をする「空とぶトランク」（“Den flyvende kuffert”）、中国を舞台に自然の鳥のさえずりの美しさを人工の機械人形との比較で描いた「ナイチンゲール」（“Nattergalen”）、履くだけで勝手に踊りだしてしまう赤い靴が印象的な「赤い靴」（“De røde sko”）などがある。

一人で百五十六編の童話を創作したが、「ヒナギク」（“Gåseurten”）「パラダイスの園」（“Paradisets have”）「コウノトリ」（“Storkene”）「天使」（“Englen”）「もみの木」（“Grantræet”）「ある母親の物語」（“Historien om en moder”）「沼の王の娘」（“Dyndkongens datter”）「パンをふんだ女の子」（“Pigen, som trådte på brødet”）「さやからとび出した五つぶのエンドウ豆」（“Fem fra en ærtebælg”）などの題名からもわかるように、主人公をはじめとする登場人物[33]は、人間だけでなく動物や植物などすべての生物・無生物、あるいは超自然的な存在まで多岐に渡る。彼らは言葉を話すこともできるし、本性を保ったまま、それぞれの意思や個性が描かれている。その意味において、あらゆる存在の尊厳が保たれている世界である。
そのような主人公たちが闊歩する舞台も様々だといえる。あるときは神話で語られるような、天空の世界や深い海の底、地の果てのようにマクロな世界であったり、またあるときは虫眼鏡で見たような、一粒のえんどう豆や虫たちのミクロな世界であったりもする。さながら、レイチェル・カーソンの「センス・オブ・ワンダー」を物語にしたようである。

2 前近代的なアニミスティックな世界

この世界は人間だけのものではない

童話がアンデルセンの天才を開花させる要因となったのは、こうした包含可能な世界の広さにあるといわれる。というのも、彼は、動物や植物に人間のアレゴリーとしてではなく話をさせることができたからである。デンマークの文芸批評家のゲオルグ・ブランデスは、「アンデルセンは人間の中の動物をでなく、動物の中の人間を描く[34]」と指摘している。

これは、イソップやラ・フォンティーヌのような動物の皮をかぶった人間の寓話とは本質的に異なることを意味している。寓話の動物は人間の視点で描かれているが、アンデルセンの中で描かれる生物・無生物は違う。それらは決して人間の視点でものを言わない。あくまでも、そのもの自身の視点で物語は展開されていくのである。

例えば、生物や無生物、自然事象など、この世のすべてのものに魂が宿っているとするアニミスティックな考え方は非キリスト教的であるが、アンデルセン童話では、その魂、本質の中にキリスト教的な神が内在している点において特徴的である。

アンデルセンは、よりいっそう小さく取るに足らない、あるいは当たり前過ぎて見過ごしてしまうような道具・服・家具などの無生物にも命を与える細やかな視点を持っていたことも知られている。

先にも述べたように、ディズニー・ピクサー映画『トイ・ストーリー』シリーズに大きな影響を与えた「しっかりものの錫の兵隊」では、小さなおもちゃたちの世界が物語られている。たくさんいる錫の兵隊のなかでも、錫が少し足りなかったからとの理由から片足しかないおもちゃが主人公である。

この物語は、失敗作として処分されかねないものが、逆に一本足でも立つ立派なもの、しっかりもの（standhaftige）とされていることからも、存在そのものに対する愛が見て取れる。つまり、何の変哲もなく、変化もないはずの無生物の世界にも、人間の世界と同じように神の愛が注がれており、生き生きとしたドラマが繰り広げられているのである。

また、二〇一七年に実写化されたことが記憶に新しいディズニー映画『美女と野獣』は、主人公のベルと野獣が愛を育むのを見守る家財道具（もとは人間であったが魔法によって姿を変えられてしまったという設定）たちも人気を博した。このような登場人物は、原作とされる一八世紀のボーモン夫人の物語にはみられない。アンデルセン童話「ティーポット」("Tepotten")では、ティーポットが主人公となって、自分のティーポットとしての生涯を語っている。このように、人間以外の個性豊かなキャラクターが活躍しているのである。

他にも、物に魂を与えて物語化した童話としては「コマとマリ」("Kærestefolkene")「かがり針」("Stoppenålen")「カラーの話」("Flipperne")などがある。コマならコマ、針なら針以上の生涯は送らないが、生物同様の命が与えられている。

アンデルセン自身が小さく貧しいものとして、そんな自分にも愛を注ぐ神を信じ、その神と同じように小さく貧しいものへ愛を注いで生まれた物語といえる。

小さなものの物語を聴く力

アンデルセンには、小さな取るに足らないものの声を聞き物語る力があった。小さきものとは、動物、植物、無生物であるが、入れ子構造をもつ〈児童文学ファンタジー〉の中では、これらも同等に尊いものであることが語られる。なぜなら、人間のリアリティだけが至高のものとして絶対的な優位にあるような固定された現実は無化されるからである。身の上話が大好きだった彼は、自分のことだけでは飽き足らず、様々のものの身の上を語ったとされる。アンデルセンと面識のあるイギリス人女性アニー・ウッドは次のように述懐している。

皆で野原に散歩に出かけた時など、アンデルセンは初めの15分位ほとんど口を利かずに、道端に転がっているいろいろなものを杖の先で触ったり、突いたりしながら歩いている。そのうち、何か――ガラスのかけらとか、枯れた花、半かけの虫など――に惹かれると、屈み込んでそれを拾い上げ、優しく撫でながら、そのものの人生、喜びや悲しみ、その場所に来ることになった悲しい運命などを、憂いを含んだ低い声で語り始めるのだった。[35]

また、山室静は、アンデルセン自身が先輩の詩人に書き送った手紙から、「見るものすべてが童話になるほど、童話創作の秘密をつかんだこと」を読み取っている。

材料はいくらだってあります。時どき、すべての垣根、すべての小さい花々が、『ちょっとこっちを見てよ、そしたらあなたに私の話がわかりますよ!』と言っているような気がするほどです。そこで僕が、そちらを見ると、それでお話ができるのです。[36]

その秘密が、そのものの中に己を空しくして溶け込むことであることは、アンデルセン童話の登場人物をみるとよくわかる。

アンデルセンは小さい(lille)貧しい(fattig)という表現を好んで使っており、その作品は、ズームで寄ったか、あるいはルーペで見たかのように、小さいものの姿がありありと語られている。そして、そこに平等に神の愛が注がれているのである。ゲオルグ・ブランデスは次のように語る。

> 彼の芸術の出発点は、手あたり次第のものから一切をつくり出す子供の遊戯である。……この芸術の神経は、あらゆるものに魂を賦与し、一切を人格化する子供の想像力である。そこで、家内の道具も植物と同じく、花は鳥や猫におとらず生きて動き、動物は人形や肖像画や雲や太陽の光や風や季節と同じようになるのである。こうして玩具の跳び蛙さえが、子供にとっては一個の生きて完全な、思考し意志する存在となる。[37]

キリスト教では、神の愛は基本的に人間に限定されるものであり、動植物など自然はその対象とならないのが普通であるが、アンデルセン童話では、人間以外のすべての生きとし生けるものはもちろん、無生物や非キリスト教的存在にも例外なく愛が注がれている。

題名からもわかるように、「コウノトリ」や「ヒナギク」などの動植物はもちろん、「コマとマリ」「雪だるま」のような無生物、「人魚姫」のような非キリスト教存在も、物語の主人公として光を当てられている。この視点は、〈児童文学ファンタジー〉を考えるうえで重要な要素となる。

個性豊かな登場人物たちのありのままの世界

恵み深い神の愛という考え方は非常にキリスト教的であるが、それが人間以外の草木国土もその対象になるという点においてはキリスト教の正統とは言い難い。したがって、すべてのものに魂が内在しているというアニミズム的な宗教観に、キリスト教的な神の愛が入り混じったものとみることができる。神の愛をベースに、小さいものの姿がありありと語られると同時に、小さいものの視点からも語られるのである。このことから、〈児童文学ファンタジー〉の中では、日ごろは誰からも見向きもされないようなものであっても、主人公となって生き生きと躍動することが可能であることを示している。

アンデルセンの初期の代表作の一つ、「親指姫」は、小さいもの（lille）の典型である。親指大の主人公というモチーフは伝承の物語[38]からの借り物であるが、小さい親指姫が、さらに自分よりも弱きものである蝶がリボンの帯で葉っぱに結ばれたままにされていることを心配しているところや、小動物は人間のアレゴリーではなく、すべてその生き物なりの世界をもっていることは、昔話[39]から児童文学への一歩を踏み出した童話であることを示している。

例えば、「コアックス」としかいえない蛙の息子や、ネズミとモグラの上下関係もそうである。また、コガネムシは、昆虫としての美的感覚を持っており、かわいらしい親指姫に対して「この子には足が2本しかないのね、なんてかわいそうなの。」［SEH36］と触覚をすぼめて言うのである。

また、「さやからとび出た五つぶのえんどう豆」では、えんどう豆の一粒が、「太陽のなかにまっすぐ飛んでいくんだ。あれこそ、ほんとうのえんどう豆のさやだし、ぼくにふさわしいよ。」［SEH405］と叫んでどこかに飛んでいく。小さなえんどう豆にとっても太陽という存在は憧れであり、小さな豆がさやからはじけ出るときにそこを目指すというコントラストは、ユーモラスである。

また、「コウノトリ」の、コウノトリの母親が子どもたちに自然についてお話をする場面からは、人間の視点とは異なる、動物なりの自然理解とそこに通底する親子愛をみることができる。

「……ここはそれは寒くなるの。雲がこなごなに凍って、小さく真っ白な綿のようになって落ちてくるのよ。」お母さんが言っているのは雪のことでした。これ以上わかるように説明することはできなかったのです。[SEH144]

また、旅好きだったアンデルセンは、「ヒキガエル」（"Skrubtudsen"）の中で、人間の言語に対してコウノトリの言葉を借りて次のような風刺をしている。

人間がいちばんのうぬぼれやな生き物だよ。……彼らは、口がきけることをじまんにして、〝言葉〟なんていってるけど、全く〝言葉〟はたいしたものだね。ぼくらが一日で行けるくらいの旅をすると、もう通じなくなり、お互いに何を言っているかわからなくなるんだからね。ぼくらはデンマークでもエジプトでも世界中で話せるというのに。[SEH856]

童話において、このようなアニミスティックな表現、つまり動物が人間の言葉をしゃべるというようなことは常套の手法であるが、言葉をもたないという動物たちの方が通じ合うことができるというセリフには、人間中心主義に対するアンチテーゼがある。

そこでは、作者は物語の創造主である、という通念が覆されているといえる。アンデルセンは、視点を小さなもの、名もなきものに同一化させることで作者としての自身を極小化し、人間中心の不等号を反転させているのである。

これらの物語は、私たちが当然のことのようにみている現実と空想の二項対立を破壊する。目の前の現実にアンデルセンが語る小さきものの世界が重ね合わされるとき、より一層魅力的な世界が立ち現れるからである。子ども心に、「そうだったら素敵だな」と思う世界が現実の奥に見出だされるために、現実を超えた愉悦を味わうことができるのである。

3　科学と詩の融合による真理の探究

詩人と科学者の出会い

アンデルセンの物語が、一見フォークロアを基盤にしているようでありながら、明るい未来への希望を持ち得たのは、同時に近代的な視点を持っていたからである。アンデルセンにとって、童話の空想世界は、近代科学的理性と相反するものではなく、想像力は郷愁的な過去よりもむしろ近代科学の未来と親和性が高かった。

アンデルセンの科学的合理的な思考は、デンマークの黄金時代を彩る一人、電磁気の発見者エアステッド[40]（Ørsteds, Hans Christian, 1777–1851）との親交によって確立されたものである。アンデルセンとエアステッドは、詩と科学という異なる立場から哲学的な考察を行った点で意気投合していたが、奇しくもファースト、ミドルネーム共に同じハンス・クリスチャンである。

現実と空想、詩と科学のように、異なるものが再統合されるところに顕現されるものを一種の真理であるとアンデルセンは考えていたようである。前項で挙げた童話「ヒキガエル」には、仲の良い詩人と自然科学者が登場する。彼らはコインの裏表のような存在で、詩人は神が創ったすべてのものを心に映し出して、喜びをもって詩にしたり書いたりするが、自然科学者は同じことを科学的観点から合理的に説明しようとし、全ては理にかなっていて、その話は喜びと知恵にあふれている、と語られている。

つまり、科学と詩という異なる二つの極は、神の世界という真理の探究において統合されているということである。詩人アンデルセンは、自然科学者エアステッドとの親交と創作の関係について次のように振り返っている。


最初の瞬間から、たえず深まりゆく同情をもって――この同情はのちには真の友情になったが――エーアスデッドは死ぬまで私を見守ってくれた。私の精神の発展に彼は大きな影響をおよぼした。そして、すべての人々のうちで彼こそは、私を詩人としての発展の過程で精神的に支持し、わが祖国において将来詩人として認められることを予言した一人であった。[41]

したがって、現実と心に映し出されたものという違いがあるにしても、科学がそうであるのと同じように、詩や童話の創作も、アンデルセンにとっては真理の探究に他ならなかった。

科学の視点から生まれた物語

エアステッドとの親交が創作に大きな意味を持っていたことを、E・ニールセンは次のように指摘している。「メルヒェン全体の土台となっている根本思想は、人生は驚異に満ちている、であり、こうした考え方はエアステッドの論文『自然の内なる精神』中に展開されている主旨と同一である……すなわち、精神と自然とのあいだに断絶はない、精神は自然の内にある、というものである」。そして、このような世界観は、「彼の全作品にしみこんでいる。……もしエアステッドによって拍車をかけられなかったら、これほど大胆に表現してのけたかどうか疑問である」[42]という。

また、ポール・ルバウは、近代に誕生した童話の中に、魔法や妖精が登場するような古い土着的な物語の特徴が取り込まれたのと同じように、エアステッドから教示された自然科学に基づいた哲学も童話の創作に大きな影響を与えたことを指摘している。[43]

実際に科学的視点から生み出された童話に「水のしずく」（“Vanddråben”）がある。この物語は、一人の魔法使いが顕微鏡で水のなかの何千という微生物がお互い飛んだり跳ねたり、ひっかいたり、食いつきあったりしているのを見ていると、もう一人の魔法使いがやってきて、それが何であるかを当てるという短いお話である。

物語は次のように締めくくられる。


「これはコペンハーゲンか、さもなくばどこかの大都会でしょう。大きな街はどれも似たようなものですから。これは大都会ですよ！」

「ただの水のしずくですよ！」［SEH320］

この物語では、近代の創作童話の中に、自然科学と古代の魔法の世界がうまく溶け合いつつ、最後にはピリッとしたユーモアが効いている。そこには、『自然における精神』の中でエアステッドが語った哲学をみることができる。すなわち、「自然の種々の法則は神の摂理であり、自然は神であって、実在それ自身が奇蹟である」44 というものである。

旅好きなアンデルセンは童話の他にも紀行文なども書いていたが、一八五一年に出された『スウェーデン紀行』（*I SVERRIG*）の中では、科学の知性がよりいっそう詩の世界を真実へと近づけることを述べている。

「いや、しかし、詩の世界では、めぼしいものやすばらしいものは、すでにすっかり掘り起こされてしまったのだ。」と、今日、歌うたう詩人は言う。「早い時代に生まれた詩人は幸運だったよな、だれもかれもが。まだまだ未発見の領域がたくさん残っていたのだからな。……いや、そんな言い方はしないでもらいたい。幸せなのだよ、君は、いまの時代に生まれた詩人は。……自然のなかの、人間のなかの真実のみが——永遠不滅であることを学んでいるんだよ。私たちの時代は発明家たちの時代だ。——詩にもまた、詩独自の新しいカリフォルニアがある。[45]

このように科学により明らかになった世界にはまた新しい詩の世界があるという。

そうだ、科学の中に詩のカリフォルニアがある。……科学の光によって詩人は啓発されなければならない。明澄な目で真実をつかみ取り、ごく小さなものにしろ、無限大のものにしろ、そのなかに宿る調和律を把握しなくてはならない。そうすれば、知性と幻想は洗練され、豊かになって、ことばによりいっそうの活力を与える詩の新様式が示されるだろう。[46]

要するに科学的合理性と想像力の詩の世界は、相反するものではないということである。「科学の中に詩のカリフォルニアがある」というアンデルセンの未来志向は、当時のヨーロッパの思想的潮流であったロマン主義の過去回帰とは一線を画している。子どもや子ども時代を郷愁的にとらえるのではなく、未来を担う存在として希望を託しているのである。

二つの異なる世界が融合する童話「鐘」

ヨハン・デ・ミュリウスは、エアステッドの影響で、アンデルセンの科学と詩とを不可分に考える思想が確固たるものになったとし、童話の中にはその考えが表れていることも指摘している。[47] 祖国デンマークでは大変人気のある童話「鐘」（"Klokkenn"）は、両者がモデルとなった物語である。

今日では日本での知名度はそれほど高いとはいえないが、大正時代に邦訳されたアンデルセン童話集には収載されている。賢治も読んだ可能性があり、「十力の金剛石」という童話に影響を与えたと考えられている。

「鐘」のあらすじについて述べよう。王子と貧しい少年が、別々の困難な道をたどりながらも、はるか遠くから聞こえてくる美しい鐘の音を訪ねる物語だが、この宇宙としてのこの世界全体と自然と人間とが鐘の美しい響きのなかで一つに溶け合うようなラストシーンは印象的である。

誰の耳にも心地よく響く荘厳な鐘の音は絶対的な神聖さを象徴しており、人々はそれを探し求める。ところが、それを見つけるのは簡単ではなく、途中であきらめたり、似たような代用品で満足したり、見たことにしたりしてしまう。しかし、胸の奥からの渇望として鐘を求める気持ちがどうしても止まない王子は、たった一人になっても最後まで本物の美しく響く鐘を探し続ける。王子は、ついにたどり着いた頂上で次のようなものを見る。

はるか遠くの水平線のあたりにお日さまが光り輝く聖だんのようにうかんでいました。あらゆるものが真っ赤に燃えてとけこんでいました。森がうたい、海がうたい、王子の心もいっしょにうたいはじめました。天地のすべてが大いなる神聖な一つの聖堂になりました。［SEH254］

そのとき、同じく鐘を探していたが王子とは違う道を進んでいた貧しい少年もそこにやって来る。

二人はお互いにかけよって、自然と詩との、この大いなる聖堂のなかで、手に手をとり合いました。二人の頭上で、目に見えない聖なる鐘が鳴りひびきました。そのまわりを、祝福された精霊たちが、踊りただよいながら、神さまをたたえて歓声を上げました。ハレルヤ！［SEH254-255］

この物語には、アンデルセンがめざしたものがすべて統合されている。貧しい少年は、詩人アンデルセン、王子は科学者エアステッドであり、両者はそれぞれ科学と詩の象徴でもあるともいわれている。この物語では、科学と芸術とが違う道を辿りながらも、すべての人の心の内奥に鳴り響いている鐘という唯一絶対な聖なるものへ到達した世界が描かれているのである。それは子どもにもわかる平易な言葉で書かれた、真理の探究であるということができるだろう。

詩と科学による真理の探究

この「鐘」を書いた翌年の一八四六年にイタリアへと旅だった彼は、エアステッドに次のような手紙を書き送っている。

……私たちの時代は、想像の及ぶかぎりで最も詩的な時代だと思います。『理性』は次から次へと花を生みだします。そしてそういった花は、何と言っても、すべて詩の世界に属しているのです。なぜなら、『真実』も詩の三要素の一つだからです。こう書きながら念頭にあるのは、あなたがしばらく前に私のアルバムに書いて下さった言葉です。『理性の中の理性は真であり、意志の中の理性は善であり、想像力の中の理性は美である。[48]』

最後の『理性の中の理性は真であり、意志の中の理性は善であり、想像力の中の理性は美である』という部分は、一八三三年四月二一日付でコペンハーゲンからエアステッドがアンデルセンに書き送ったものである。

エアステッドは、その後に「この言葉によってわれわれの幾多の会話を思い出したまえ[49]」と続けているが、まさにアンデルセンには大事なアドバイスとなったのであろう。この考えが次第に熟成され、現実の中にこそ奇跡が見出だされるようになり、数々の創作童話群を生まれるに至ったわけだが、アンデルセンがそのなかで描き出そうとしたものは、真理の探究に他ならない。それを難解な言葉ではなく、誰にでもわかる物語を通して表したのである。

もちろん、そこにはまだ近代科学技術による人類の発展を素朴に信じていた一九世紀前半という時代性がある。二一世紀を迎えた今日では決して希望だけが見出だされるものではないことは、周知の事実である。

しかしながら、想像力が科学を支え、科学によって想像力がさらに広がるという未来志向それ自体は、子どもたちにとって重要なものである。すなわち、〈児童文学ファンタジー〉は、古来のフォークロアとしての過去から、未来の希望まで貫いている物語だといえよう。

こうした自然科学と詩の融合による真理の探究は、後に詳述する日本の宮沢賢治という一人の詩人の中で結実しているが、その下支えとなっているのは宗教的世界観である。

2　愛と信頼、献身が連なる物語

1　神の愛から自己への信頼へ

神の愛を信頼するヒナギク

アンデルセン童話は、神話や伝承の物語を源泉にもつため、西欧の土着的な民衆信仰の世界もみることができる。古くからの物語にみられるような、人間だけではなく、生物や無生物、さらには自然現象の中に霊魂を見出だすアニミズム的な視点である。

同時に、敬虔なクリスチャンであったとされるアンデルセンのキリスト教信仰の影響も強く受けている。アンデルセンは自伝の冒頭で「この世には慈悲深い神がいまして一切をできるだけよいようにとお導きになる。[50]」と述べている。このような神の恵みと愛が世界を導いている、という信仰観は童話にも大きく反映されている。

つまり、アンデルセン童話には、両者が入り混じって、キリスト教的な神の愛と恵みが人間を含むすべての生物無生物の中に見出だされるといえる。したがって、アンデルセン童話における神の愛は、あらゆるところに遍満していて、すべてのものを生かす大本となっているのである。

色々な童話の中で、道端に咲く小さな花や草木、雪などを主人公にそれぞれの独自の世界が一つ一つ魂をもつ尊い存在であることが語られている。そして、誰も気に留めないような小さなものが尊いのは、恵み深い神からの祝福が内在しているからであるとアンデルセンは考えていた。

アンデルセンはしばしば、すべてのものに平等に注ぐ神の愛をお日様の光にたとえているが、童話「ヒナギク」にもそれがみられる。

子どもたちが学校のいすに座って、勉強しているあいだに、ヒナギクの花も、同じように、小さい緑の茎の上に座って、あたたかなお日さまやまわりのすべてのものから、神さまがどれほどお恵み深いかを学んでいました。［SEH106］

道端に咲いていても誰も気にも留めないような小さな花は、太陽の光は平等にふり注ぐこと、その大本には神の愛と恵みがあることを人間と同じように自然から学んでいるのである。

神の愛は直接目には見えないし、触ることもできない。しかし、ヒナギクはお日様の光を受け取って、自分自身と生きている世界を信頼している。

物語の中では、野に咲く花のヒナギクをバカにする花壇に植えられた美しいバラやチューリップが登場する。ヒナギク自身はそれらに比べて自分がみすぼらしく、道端にひっそりと咲いているだけだなどと自分を卑下したりせず、お日様の光を受けることに喜びを感じながら咲いているだけである。

その姿をアンデルセンは、自然を通して神の愛と恵みを学んでいるのだと描写している。

さらに、ヒナギクは自分が感じているような喜びをヒバリが歌っていることにも感心している。ヒバリから受けるキスは神さまからの祝福と同じ意味をもつものとなっていることは、神とおなじ神聖さが自由に空を飛ぶヒバリの中にも内在していることを意味している。

ヒナギクの内側にも見出だされる神の愛

ところが、ヒナギクの喜びは人間の子どもたちの心無い行動によって壊されてしまう。戯れにヒバリをとらえ、ヒナギクを摘みとって籠の中に閉じ込めてしまったのである。ヒナギクは、籠の中でのどの渇きを訴えるヒバリに慰めの言葉一つかけられず、花として精一杯「薫る」ことしかできない。最終的にどちらも籠の中で命が尽きてしまう。ヒバリはのどの渇きと大自然への憧れとで心臓が破裂してしまい、ヒナギクはその悲しみのあまり病気になって、低くうなだれているのである。

ヒバリが死んでしまったことを知った子どもたちは悲しみ、亡骸を埋葬するが、ヒナギクの方は、ゴミのように捨てられてしまう。誰一人ヒナギクのことを思い出すことはなくとも、ヒナギクこそ最もヒバリのことを思いやり、慰めようとしていたのだ、とアンデルセンは締めくくっている。

神の愛はお日様の光やヒバリの歌声を通して注がれていると同時に、ヒバリを誰よりも深く思いやったヒナギクの中にも顕現しているのである。山室静は、アンデルセンがこの「ヒナギク」を書いた頃から、それまでの詩や小説、紀行文などにかたむけていたエネルギーを放擲《ほうてき》して、新しく見出だした童話の世界に没頭したことを指摘している。

童話は何もお姫様や魔女や、人目をそばだたせるような花やかな事件や存在を題材にしなくとも、土手に咲いているつつましいヒナギクのような存在にも、目をとめてみれば十分な美があり、物語もあることを、彼はさとったのである。[51]

道端にひっそりと咲く花のように、取るに足らないとみなされるものの中に、神の愛と恵みが注がれていることを確信し、それらの視点から物語っていく作品の作り方は、まさにアンデルセンが自家薬籠中にしたところのものである。このヒナギクのありようには、他のアンデルセン童話の主人公たちに共通することの多い二つの特徴をみることができる。

一つは、バラたちからバカにされても崩れることのない自己に対する信頼感、もう一つはヒバリへの愛に基づいた献身である。

「自己への信頼」という一等星

まず、自己への信頼からみてみよう。アンデルセン童話にみる〈児童文学ファンタジー〉の星図のいたるところに見出だされる一等星は、自己への信頼であるといってもよい。主人公の多くが、周りからは否定されていたとしても、自分の存在を肯定している。自分自身を深く強く、心から信頼している、という意味での自信をもっているのである。

それは、誰かと比べて生じるものでもないし、何らかの根拠があるからでもない。ただこの世にたった一人の、自分の尊さの認識であり、絶対的な自己肯定感といえる。

それは人間の発達において不可欠なもので、心理学的な学術用語では、自尊心 self-esteem と呼ばれるものである。子どもが発達していく過程で、「この自尊心が育まれないと、さまざまな行動上の問題や不適応[52]」が引き起こされることがあり、教育支援上重要視されてきたものである。自尊心はいわば自分自身のことを存在するだけで価値があると認識することであるが、詳しくは次のように説明される。


自尊心とは、「自らが尊い存在であると感じること」であり、自分自身が価値のある人間であると感じることである。いわば自己を肯定的にとらえる力、そして自分には輝かしい未来が待っていると感じることができる力である。[53]

このような、絶対的な自己肯定感は、他者との比較を通して自らを秀でた特別な存在として認識する、相対的な自尊心とは全くの別物である。

自尊感情とは

しかしながら、一般的に自尊心の語が使われる場合には、他者との比較や成功体験などによって形成されると考えられているために、尊大さや傲慢さと結びつきやすい。そのため、奥ゆかしさを大切にする日本文化にあっては、それらの対極にある謙虚さの方が美徳とされることも多い。また、それだけではない。他者との比較の上に立っている相対的な自尊心は、人生における優れた他者との出会いは不可避であるため失われやすく、成功体験による形成の在り方も、失敗したりつまずいたりすれば崩れる心もとないものとなる。相対的な自尊心は、自己卑下や自己嫌悪に簡単に転じやすく、自己否定と表裏一体のものだといえよう。

そこで、そうした相対的な自尊心との混同を避けるために、心理学の学術用語ではほぼ同義である「自尊感情」の語を、他者との比較や成功体験とは異なる、存在そのものの尊さの自覚を表すものとして用いる。それには根拠が必要ないので、揺らぐこともない。誰もがこの世にたった一人しか存在しないという意味において特別なのであり、優れた能力など何一つなくてもよい。相対的な比較のなかではどれだけ劣っていてもいいのである。なぜなら、この世に生を受けた存在それ自体が何物にも代えがたいほど尊いからである。

絶対的な自尊感情の前では、相対性は意味をなさなくなるので、他のすべての人も自分と同じように尊い存在なのだと気づく他尊感情にも繋がる。自尊感情がそのまま他尊感情でもあるとき、尊大さや傲慢さは対極にあり、謙虚さはむしろ同じ極にあるといえる。

アンデルセン童話では、どのように変化しても最後まで自己の尊厳と幸せを見つめ続けた「アマの花」（"Hørren"）「もみの木」「雪だるま」などが自尊感情に基づいた語りとなっている。

2　愛と献身の輝きを放つ星座

愛と献身を貫く少女の強さ

つぎに、主人公の愛と献身についてみてみよう。例えば、童話「雪の女王」では、主人公の少女ゲルダは、雪の女王に連れ去られて行方不明となった幼なじみの少年カイを探して、はるか北方の雪の女王の城まで旅をする。

「雪の女王」は、副題に「七つのお話からできている物語」とあるように、アンデルセン童話の中では長編の壮大なストーリーをもつ物語である。最初は、悪魔が作った物事をあべこべに映す鏡を天に運ぶ途中で割ってしまったお話から始まる。そのかけらは宙を舞って、やがて地上に落ち、人間の目や心に入ってしまう。目に入れば何もかもあべこべに見え、心臓に入れば心が氷のようになってしまうのであった。

幸せに暮らしていたゲルダと幼なじみの少年カイの元にもこのかけらは降って来て、運悪くカイの目と心臓に入った。そのため、人が変わったように冷たく、乱暴になり、雪の女王とともに遠い世界に旅立ってしまう。ゲルダは、何としてもカイを探し出そうとして北へ向かい、魔法使いのおばあさんの花園に迷い込んで危うくすべてを忘れそうになったり、別の国の王子と王女に出会って防寒着をもらったり、山賊につかまるものの山賊の娘と仲良くなったり、様々なことを経験する。

そして、ゲルダのカイを思うそのひたむきさに周りの人々が感化され、次々と助けてくれるのである。人間はもちろん、カラスやトナカイといった動物も力を貸してくれる。少女がたった一人で、わが身の危険も顧みず、はるか遠い北の果てへ向かう姿に驚くと同時に、その思いの強さ、カイに対する愛と献身に心を打たれるのである。

理性の働く大人であれば、当然のことながら絶対に無理だと考え、あきらめる他ないかもしれない。しかし、彼女は自分の思いを貫いて成就させることに専心し、まったくそのことに疑いを持っていないのである。

ついに雪の女王の城でカイと再会して流したゲルダの熱い涙が彼の心の氷を溶かし、二人で元いた町に戻り、物語は大団円で終わる。

「野の白鳥」エルサの愛と献身

同じことは「野の白鳥」（一八三八）に登場するエルサにもみられる。このお話は、グリム童話「六羽の白鳥」とほぼ同じ内容の伝承の物語を下敷きにしており、魔法で白鳥の姿に変えられてしまった兄たちを末の妹が救うというものである。

したがって、アンデルセンのオリジナルの作品ではなく、古い昔話・民話を再話という形で書き換えたものになる。グリム童話では、継子いじめや嫁いびりの典型的な物語となっているが、アンデルセンの「野の白鳥」は、末のお姫様に「エルサ」という名前が与えられており、その美しさや意志の強さがよりいっそう強調されている。

彼女はどんな困難があっても、兄たちを助けるために黙々とイラクサの上着を編みつづける。そのため魔女の嫌疑がかけられ処刑されそうになるものの、その思いを貫く強さによって最終的に兄たちと自分自身を救済するのである。

このように、いずれのヒロインたちにも、自分の思いを信頼して貫く姿勢がみられるのだが、その思いは迷いのない行動となって表されている。自分の思いを行動することによって貫こうとするとき、不可能にみえた出来事も成し遂げられるわけだが、ここで着目したいのは、その根幹に自己と自分以外の他者の双方に対する愛があるということである。

ここでいう愛とは、男女間の愛というよりもむしろ友愛や兄弟愛、親子愛、師弟愛なども含まれる、広い意味での人間愛、他者愛である。したがって、ヒナギクに顕現していた神の愛と通ずるもので、献身と結びついている。

献身とは、自分の利益を度外視して、他者のために尽くすことである。献身もカトリックでは俗世を離れて神父や司祭などの聖職者となることを意味するように、キリスト教的な価値理念とも強く結びついているものである。彼女たちはわが身を顧みず、友人や兄弟を助けるために全力を尽くしてはいるものの、そのことに対する見返りを求めていない。

要するに、〈児童文学ファンタジー〉において自己への信頼と愛や献身は、星々が連なってできる星座のように結びついて物語られているのである。

再び留意しなければいけないのは、類似概念との混同である。自己への信頼に繋がる自尊感情がそうであったように、献身もまた、自己犠牲という似た概念と混同しやすく、意味の取り違えが起こりやすい。したがって、ここでは献身について自己犠牲と区別するために、もう少し詳細に見てみる必要がある。

献身か、自己犠牲か

童話「ある母親の物語」に描き出されている母親における献身と自己犠牲の違いを〈児童文学ファンタジー〉の観点からみてみよう。

この物語は、病気で苦しんでいる幼い息子を看病していた母親がほんのわずかうたた寝した間に、息子を死神に連れ去られてしまうところから始まる。超自然的なことが次々と起こったり、死神の世界と母親の世界が地続きであったりすることから、そもそも現実と空想が同次元で語られる一次元的物語である。

母親は、息子を連れ戻そうと死神の後を追うが、その過程で非常に自己犠牲的な行いをする。死神の行き先を教えてもらうために茨の藪をその胸で温めたり、湖を渡るために美しい瞳を差し出したり、息子を助ける方法を知るために美しい黒髪を老婆の白髪と交換したりもする。自分の持っているものを失うことを恐れないそれらの行為は、見返りとして息子の命を求めているならば、非常に自己犠牲的であるといえる。

しかしながら、これらの多くの犠牲を払って死神の元にやってきたにもかかわらず、最終的に母親は子どもの命を神の御心に委ね、死神は子どもを神の国に連れて行ってしまうのである。

死という事実を覆すことができない悲しい結末ではあるものの、決して救いがないわけではない。アンデルセン童話では、神のもとに行くことは救済として表されている。アンデルセンが神のもとに行くことを救済と捉えたのは、そうした死後の生を確信していたからである。そこには「マッチ売りの少女」と同じように、現実のあらゆる制限を超えた無限の可能性が広がっている。なぜなら、死神が男の子を連れて行った神の世界は、母親や死神がいる世界とは異なる時空にあるために、物語は多重構造となっているからである。これらのことを踏まえたうえで、母親の行いについて改めて考えてみよう。

もしも、母親の最初の望み通り、息子が生き返っていたとしたら、母親の一連の行為は自己犠牲的なものとなる。物語の現実時空での直接的な見返りを得たことになるからである。しかし、最後の場面で、母親は息子の幸せだけを願って目に見えない「神」という別の次元に委ねたことで、物語に新たな奥行きが生じた。すなわち、神の世界というもう一つ別の次元が立ち現れたのである。したがって、現実時空の息子の死は別世界での永生に繋がることになる。息子の死も救済も、現実と空想が無化された多重構造の中に取り込まれるからである。現実という一つの次元だけで考えれば、息子の救済は母の「願い」であり、その見返りに行われる行為は取引となる。その意味において「自己犠牲」であった。しかし、多重構造となったことで、母の愛も現実時空に固着した見返りを求めるものではなくなった。だからこそ、母の「願い」は時空を超えた「祈り」となっている。自分が差し出したものの見返りとして願いを叶えようとしていたところから、神という別次元のものにすべてを委ねて、現実の見返りを手放したのである。そのことは、見返りを求める自己犠牲とは異なる献身であるといえる。

自己犠牲ではなく献身であるとき、その行為をする側は行為を行うことそれ自体が目的化されて結果から解放されるし、行為を受ける側も、されたことに対して申し訳なさを感じたり、お礼やお返しをしたりしなければならない義務が生じない。そこでは、お互いに結果によって左右されない「自由」が担保されている。

本書では、こうした点を献身と自己犠牲の違いと捉えているが、日本の草創期の童話・児童文学である浜田広助の「泣いた赤おに」は自己犠牲の典型例である。友達だった青鬼が犠牲になっていたことを知り、赤鬼が泣いてしまうような青鬼の行為は自己犠牲となってしまう。誰かを助けるために、あるいは幸せにするために自分を犠牲にするのでは、助けられた相手は喜ぶよりもむしろ申し訳なさや罪悪感を抱いてしまうのである。

献身と自己犠牲の行為それ自体は似ているが、自分がやりたいと思っていることを貫いている献身は、自分がそうしたいとかそうでありたいということを我慢して犠牲にしているわけではない。愛が基盤となっているので、その行為自体が自分の喜び・幸せであり、結果については現実の願いや見返りへの期待ではなく、時空を超えた「祈り」として別次元に委ねられたものなのである。

愛と献身を継承するヒロインたち

つまり、同じ「自己を与える」という行為には違いないのだが、自分が犠牲となって与えているという自覚が希薄であるので、払った犠牲に対して結果が伴わない場合に生じる被害者意識とは無縁である。また、相手も与えられていることへの感謝をしたり、義理を感じたりする必要がないので、お返ししなければならないという罪悪感も生じない。したがって、受け取った側が感じる申し訳なさに繋がりにくい。

そこにはまた無償の愛が展開している。だからこそ、自己犠牲から解放された献身が生まれるし、自分の思いを貫くという主体性をもつと同時に自分も相手も真に自由な関係性を築くことができる。

このような女性の主人公の思いを貫く強さとしての愛と献身は、現代の物語にも引き継がれている。宮崎駿監督は、ロシアで作成されたアンデルセン童話『雪の女王』の映画を見た際に、主人公の少女ゲルダの思いを貫く姿勢に深い感銘を受けたことを明かしている。

一見するとわがままにもみえかねないその思いを貫く姿勢は、周りを巻き込んでいく強さとやがてそれらを救済する力をもつものでもある。そうしたヒロイン像は宮崎作品の根幹をなすものであり、『風の谷のナウシカ』のナウシカや『魔女の宅急便』のキキ、『崖の上のポニョ』のポニョなど、多くの作品で活躍する少女たちの姿に継承されている。

また、世界的な大ヒットが記憶に新しいディズニー・アニメーション映画『アナと雪の女王』の主人公アナもそれを受け継ぐものの一人である。アナの強い思いとそれを貫く献身が、氷を解かす愛となってエルサと王国を救っている。

近年人気を博した作品をみても、ウサギでありながら、町の平和を守る警察官になろうとする『ズートピア』(二〇一六)のジュディや、家族の記憶を辿る旅をする『ファインディング・ドリー』(二〇一六)のドリー、父親を助けようとした実写版『美女と野獣』(二〇一七)のベルなども、自らの思いを貫いて、周りを巻き込んでいく。

いずれのヒロインたちも、困難に何度直面してもその思いを貫き通す意志の強さをもつ。初めは反対したり、敵対していたりした周りの人々も、その姿に感化されるのである。彼女たちのそうした行動は時に大きなトラブルを招くが、愛と献身によって乗り越え、本人はもちろん、他の登場人物もまた次第に救われていく大きな潮流を起こしているといえよう。そこに〈児童文学ファンタジー〉の星座をみることができる。

本当の「人魚姫」の結末

同じように、代表作「人魚姫」でも無償の愛による献身が語られている。人間の王子に叶わぬ恋をしたかわいそうな人魚のお話として知られているものの、日本では子ども時代に抄訳・改変された絵本等でしか読まれていなかったり、ディズニー・アニメーション映画『リトル・マーメイド』の影響もあったりして、アンデルセンの原作を知らない人も多いのではないだろうか。

その結果として、王子が隣の国の王女と結婚したことで海に身を投げて泡になって終わりと思われていたり、あるいは反対にディズニー映画の影響から王子と結ばれるハッピーエンドだと誤解されていたりすることも少なくない。

物語全体のあらすじを述べよう。海の底に住む人魚姫は、地上の世界の人間の王子に恋をする。海の魔女から人間の足をもらい王子のそばに行くものの、結局王子は隣の国の王女と結婚してしまう。原作では、海に身を投げた人魚姫は海の泡となって死んだのではなく、空気の精霊、大気の娘に転生するところまで語られて終わる。

したがって、先に述べた「マッチ売りの少女」と同じように、最後は死を迎えるかわいそうな物語であっても、そうした物語中の現実の死を超えた、主人公にとって望ましい別世界での再生をみることができるため、単純な悲恋の物語ではないことがわかる。作者と読者に共有される、主人公の救済[54]が確信されており、ある意味ではハッピーエンドの要素ももっているのである。

「生と死」に対する問いという北極星

海の底の人魚の世界では十五歳の誕生日を迎えると成人と見なされ、海の上の世界を見る許可が得られる。末の妹である人魚姫は、先に海の上を見てきた姉たちの話を聞き、その世界に住む人間というものに興味を持つ。その疑問や憧れは人魚の視点から描かれており。長老のおばあさまに次のように尋ねる。

「人間というものは、おぼれて死ぬことさえなければ、いつまでも生きていられて、わたしたち海の底のもののように死ぬ、ということはないのですか?」と姫はたずねました。[SEH68]

成人前の小さい人魚姫であるが、人魚の死を知っており、人間もそうなのか疑問に思っている。つまり、命の不思議に目を向けているのである。おばあさまは人間の一生と人魚の一生の違いについて、次のように答える。

「いいえ、人間だって死ななければなりません。」とおばあさまは答えました。「しかも、人間の一生は、わたしたちよりもずっと短いのですよ。海のものたちは三百年もの間生きていられるのですからね。けれど、そのかわりに一生が終わるときには、水のあわになってしまいます。だから、この海の底の親しい人たちのところで、お墓に眠ることができません。わたしたちには、不死の魂というものがなく、生まれかわるということもないのです。いわば緑のアシのようなもので、一度刈りとられれば、もう二度と新芽を出すことはありません。でも、人間には魂というものがあって、体は死んで土にかえっても、魂はずっと生きています。そして、澄んだ大気の中を、輝く星の元までのぼって行くのです。わたしたちが海の上まで浮かびあがって人間の国をながめるように、人間の魂は、わたしたちには決して見られない、未知の美しいところへ行くのですよ。」

［SEH68］

人間も人魚も同じくいずれ死ぬ身であるが、人間には不死の魂があるということに、小さい人魚姫は強く心惹かれるのである。ここで人魚姫は幼いながらも、「死ぬということは、どういうことか」についての問いを持っていることがわかる。

ここでは人間は不死の魂をもっているものとして描かれてはいるが、むしろそのような考え方は今日では例外的である。一般的には、遺骨は「お墓に眠る」ことができたとしても、人魚たちと同じように、「死んだらそれで終わり」と受け止められていることも多いのではないだろうか。したがって、人魚の死を通して語られる虚しさは、現代の人間にも共通するものといえよう。

お年寄りは、そうした人魚姫の感じる虚しさをかき消すために、そんなことよりも今を楽しく生きるのだと諭す。与えられた人魚としての三百年という長い一生を面白おかしく過ごせばいいのだというのである。しかし、人魚姫はそのような生き方では満足できない。「もし一日でも人間になれて、その天の世界に行けるのなら、代わりに三百年という一生をあげてもいい」［SEH68］とさえ思うのである。

逆説的ではあるが、人魚姫は、「死」について考えることで、「生」についてもまた問い直していることは注目に値する。自分がどう生きるかということについて、真剣に悩み、問うているのである。

このように、死とは何か、生きるとはどういうことなのか、という問いは〈児童文学ファンタジー〉の星図における北極星《ポラリス》のようなものである。地球上からみると、北極星はほとんど動かず、北の空の星々は北極星を中心に回転しているように見える。したがって、陸地の見えない洋上での固定点として安全かつ正確に行き先を示してくれるものである。天測航行は数千年に亘って発達してきたが、〈児童文学ファンタジー〉を明らかにするうえでも、北極星《ポラリス》は進むべき方向を教えてくれる指標となっている。

愛することは傷つくこと

地上を見た時に出会った王子への思慕が募り、ついに人魚姫は海の底の安穏な生活を捨てて、人間として生きることを選択する。

しかし、それは海の生き物である人魚にとって、様々な意味で茨の道であった。まず、海の魔女から人間の足をもらうために、非常に美しいとされた自分の声を差し出さねばならなかった。さらに、人間の足は一足歩くごとにナイフで刺されたような激しい痛みを伴うものであったし、万が一王子が自分以外の女性を愛するならば、人魚姫は翌朝には海の泡となってしまうというのである。

このように人魚姫は、多くのものを失ったり、傷ついたりすることも覚悟のうえで、人間になることを選ぶ。人魚姫にとって王子を愛することは、苦しみや辛さが伴うものであることは最初から明らかである。しかし、海の底で面白おかしく三百年の間幸せに暮らすことよりも、「生きることの意味」を見出だすことのできるものであったからだといえる。

実際、人間となって王子のもとに行ってからも、人魚姫の苦しみは続く。声を無くしているため、嵐の海で王子を助けたのは自分であると伝えることもできないし、足の痛みは毎晩水に浸して冷やさなければ収まらないほど激しいものであった。王子のそばにいることの喜びはあったとしても、楽しいばかりの時を過ごしたわけではなく、海の底の人魚の姉たちもそんな妹の様子を心配していたのである。

最終的に王子は隣の国の王女と結婚することになってしまう。見かねた姉たちは、王子の命を奪うことで元の人魚に戻れるという魔法のナイフを人魚姫に渡す。一度はそうしようと試みるものの、結局愛する王子を殺すことはできずに、ナイフを捨て、自ら朝日の昇る海に身を投げる。

その後の展開において、人魚姫は死んだのではなく、また海の泡になったのでもなく、空気の精霊、大気の娘となったのだと語られる。[55] つまり、現実の死を超えた生命の永遠性への信頼によって、死からの救済[56]が描かれているのである。

愛することは生きること

改めて、人魚姫の「死」ではなく、「生」に焦点を当ててみよう。

人魚姫の愛は当初非常に自己犠牲的であった。嵐の海で難破した船から王子を救いだすのだが、いかに人魚といえども、その行為は命の危険を冒すものであったし、人間の足をもらうために海の魔女が出した交換条件も苦痛を伴う過酷なものであった。

これらの行為が王子の愛を得るという目的のためになされたならば、それは自己犠牲である。見返りを求める取引としての犠牲だからである。しかし、王子の命を奪わなければ自分の命が失われるというクライマックスの場面で、人魚姫は自分の幸せよりも王子の幸せを優先した。王子の愛を欲しがるのではなく、王子に愛を与えることを選択したのであり、真の意味で「愛する」ということを学んだといえよう。

相手が幸せならそれでいい、という見返りを求めない無償の愛を傷つき苦しむなかで会得した人魚姫は、短いながらも自分の人生を生きたといえるのではないだろうか。それは、人魚姫が「死」というものを問うたときに見出だそうとした「生きる」ことの意味に他ならない。人魚姫にとっては、傷つき悩み苦しんだとしても、愛することが「生きる」ことそのものだったのである。

当然のことながら、大人の庇護のもとにあった世界から外に出ていくことは、多くの危険や困難が伴う。時には傷つくこともあるにちがいない。だが、傷つくことを恐れて守られた世界の中にとどまっていては、自分の人生を「生きる」ことにはならない。

同じことは、ディズニー・アニメーション映画の『塔の上のラプンツェル』（二〇一〇年）にもいえる。主人公のラプンツェルは、幼いころからずっと高い塔の中に閉じ込められ、外の世界は危険だから決して出てはいけないと教えられてきた。挿入歌 *When will my life begin*（邦題：自由への扉）では、いつも同じ時間に朝起きて、掃除をしたり、焼き物をしたり、本を読んだり、バレエをしたりといった塔の中で一人過ごす日々が歌われている。

これらは毎日の暮らしであることは確かだが、題名や歌詞に示されているように、ラプンツェルはただ生活するのではなく、真の意味で自分の人生が始まるのを待ち望んでいるのである。つまり、外の世界に出ることは、多くの困難が待ち受けていたり、傷つくことがあったりしても、そのなかにこそ自分の人生を「生きる」ことの意味があるということであろう。

このように現代の物語においても、アンデルセン童話にみられた〈児童文学ファンタジー〉の星や星座は煌めき続けているわけだが、同時に古来の物語から受け継いでいる特性もみられる。

3　自尊感情に基づく自信と顛倒の面白さ

1　アラジンのモチーフの普遍的な魅力

古来の物語から受け継ぐ逆転劇――顛倒の面白さ

強弱や大小、貧富が逆転する面白さがアンデルセン童話にあるのは、昔話に源泉を持っているためである。常識や固定観念が覆される物語は、どれも世間の価値観と反対の逆転現象が起こっているため痛快である。また、それは単に愉快さを生むだけではなく、小さく貧しいものの尊さを表しているといえよう。現実の世界では固定されている不等号を逆転させるのである。

例えば、「小クラウス大クラウス」では、貧しく小さいクラウスが、機知によって富める大きいクラウスに勝る。また、「はだかの王さま」では、一人の子どもが大人たちよりも正しい知見を示した。「影法師」（"Skyggen"）のような、ただの影がその主人に取って代わってしまう物語もある。

同じように、決していわゆるいい子でも、優秀でもない主人公の逆転劇も少なくない。むしろ、物語の冒頭では、周りの人からバカにされたり、低い評価をうけていたりするところからの逆転は、存在の尊さへの信頼に起因する。このような主人公の根源的な尊さは、〈児童文学ファンタジー〉が古来の物語から継承したものであり、多くの作品に通底している。

民話を再話したものではあるが、アンデルセン童話として定着し、デンマーク本国でも人気の高い童話に「まぬけのハンス」（"Klods Hans"）がある。賢い兄たちと比べて、口下手で愚鈍な末っ子のハンスは、みんなから「まぬけのハンス」とばかにされていた。お姫様の婿取りの公募が行われた際にも、誰もが彼は無理だと決めつけて、候補の数にも入れてもらえない。ところが、優秀で期待されていた兄さんたちが次々と脱落したにもかかわらず、最終的には愚かさが機知に転じ、かえって難題を解決して、ついにはお姫様と結婚する権利を獲得するのである。

「旅の道づれ」（"Reisekammeraten"）のヨハンネスも、一般的な見解からすれば、愚かであった。父親の残してくれた全財産を死人の借金を返済するために使ってしまう。その恩を死人が旅の道づれとなって返す物語なのだが、死人は、悪魔をも打ち破る不思議な力と知恵をもってヨハンネスを助け、最終的にはお姫様と結婚させてくれる。

また、「お父さんのすることはすべてよし」（"Hvad Fatter gjør, det er altid det Rigtige"）では、お父さんは人が良く、他の人から見ればありえない損な取引にばかり応じてしまう。そんなお父さんのすることを、おかみさんは怒るどころか、どれもよかったと喜んでいる。その姿がイギリス紳士を大いに驚かせ、そのことによって富を手に入れる話である。

こうした逆転現象は、物語における顚倒《てんとう》である。先に述べたように、弱い者が強い者に勝ったり、貧しい者が大きな富を得たり、逆境を乗り越える振れ幅が大きければ大きいほど劇的で爽快感がある。

顛倒の面白さは、民話の中では愚かさとして語られていたものがひっくり返されることにある。物語の中では、周りからは馬鹿にされるものの、最後にその愚直さにより成功を収めるのである。

彼らは、周りからみれば愚かである。しかし、それゆえに、最終的には信じられないような奇跡、あるいは成功を手に入れることができたのである。小賢しいものには、ばかげているとしか思えないようなことに対して確信をもってやり遂げようとする根底には、存在の尊さへの信頼がある。

アラジンのモチーフの魅力

愚か者の主人公の尊さのモチーフは、古くから語り継がれていて人気のある物語、『アラビアンナイト（千一夜物語）』の「アラジンと魔法のランプ」[57]に遡ることができる。

『アラビアンナイト』[58]は説話を集めた古い物語集である。そのなかの一つ「アラジンと魔法のランプ」は、一八世紀の初めに、フランス人の東洋学者アントワーヌ・ガランによってフランス語に翻訳されたことで今日まで繋がる人気を得た物語である。

現代でも映画化されたり、舞台で上演されたりしており、中東地域の物語のイメージが強いが、もともとの舞台は中国となっている。物語の主人公アラジンは、怠け者で仕事もせず、悪い仲間と遊んでばかりいる放蕩息子で、父親はその心労がもとで亡くなってしまう。父が亡くなっても態度を改めるどころか、むしろそれをいいことにますます好き勝手するようになる。

そんな時、アフリカからやって来た悪い魔法使いが、洞窟に入って魔法のランプを取ってくることができるのはアラジンだけであることを見抜く。ただ、アラジンがアラジンである、ということ以外に理由はない。決して心優しいからとか、勇敢だからとかいう根拠はないのである。

悪い魔法使いは自分の企みに利用するために、亡くなった父親の弟であると嘘をつき、言葉巧みにアラジンに近づく。魔法使いは、アラジンのために店を一軒手に入れて上等な織物をおくなど、それで生計を立てるよう勧めたり、立派な服を着せてくれたり親切に振舞った。アラジンは、そういう商売ならお客さんもたくさん来て、店の主人は世間の人に尊敬されると考えて同意し、気前の良さからすっかり信用してしまう。

アラジンにみる自尊感情の獲得の重要性

ここで着目したいのは、自分の存在を（たとえ悪巧みであったとしても）人から認められ、大切にされたことの意義の大きさである。

アラジンは洞窟に閉じ込められたとき、魔法使いの目的が自分にランプを取りに行かせることで、すべては嘘であったことに気づく。

しかし、悪い魔法使いの企みだとわかった後にも彼が自己の尊さに目覚めたことには変わりがなかった。ランプの精の力で地上に戻ってからも、心を入れ替えて、これまでの態度を改めるのである。その後ランプの精に助けられながらお姫様と結婚し、やがて婿養子として王国を継ぎ、国民から慕われる立派な国王となる。

アラジンは、自己の尊さを自覚したことで、同じように他者の尊さにも気づくことができた。自尊感情の獲得は、すべての他者を大切にする他尊感情とも結びついているといえよう。

悪い魔法使いの企みがなければ、アラジンは放蕩息子のままであった。したがって、一見主人公にとってマイナスのように思える出来事も、全体を通してみれば、それは「運命」を動かす重要な要素であったことがわかる。

個というものが確立する以前の古い伝承を起源にもつ物語は、アラジンのように主人公の運命を語ることに重きを置いている。むろん、このことは努力や向上心を否定するものではないし、主人公以外の他者の尊厳を軽んじようとするものではないことが物語の結末からもわかる。

何より重要なことは、道徳教育のような正しさや徳目による判断を超えた、すべての人間が生まれながらにもつ尊さの受容がそこにはあるということである。いわば、根拠のない自己尊厳を確信している物語なのであり、誰もが主人公として同化し得る懐の深さを持っている。

アンデルセンとアラジン

このような説話や民話に起源をもつような、自己尊厳の確信は、〈児童文学ファンタジー〉の根幹をなす。アンデルセンの生まれた年に、デンマークでは劇作家アダム・ゴットロップ・エーレンスレーヤー[59]の詩劇『アラジンまたは不思議なランプ』が発表され、人気を博した。当時の北欧は、「物質的には災厄の時代であったにもかかわらず、文学は燦然と輝く収穫をあげた」といわれるほど豊作であったが、デンマークの黄金時代を築いた一人がエーレンスレーヤーであった。

彼は中心テーマを『千一夜物語』から借用し、シェイクスピアの劇作術を変形して利用している。そして、天の贈りものである、すべてをなしうるロマン主義的インスピレーションとは何かを、楽しいけれども、威風堂々たる形でしめしたのである[60]

かくして、「彼はデンマークの桂冠詩人となり、……国民的ロマン主義の正式の開祖となった[61]」わけだが、アンデルセンも深い共感を覚えて、そのモチーフやイメージから創作上の刺激を受けている。最初の童話集に入っていた「火打箱[62]」には、アラジンのランプ取りさながらの場面がある。兵隊が年老いた魔女から、がらんどうの木の中に入って、その中にあるお金を好きなだけ取っていいから、古びた火打箱を取ってきてほしいと頼まれるのである。

また、周りからは不可能だといわれ続けたにもかかわらず、成し遂げた自身の成功も、このアラジンの物語に重ねていた。E・ニールセンは、次のように語る。

ロマン主義の文学的理想像は、不思議なランプの精の助けをかりてスルタンの姫君をえ、一天万乗の位につく仕立屋の息子、『千一夜物語』のアラディンであった。十九世紀の初めアダム・エーレンスレーヤーはこの人物を題材として絢爛たるメルヒェン劇を作った。これは少年アンデルセンの愛読書となった。以来彼自身きわめて様々なヴァリエーションでこのお気に入りの主題をかなで続け、この原型を讃美した。……アラディン物語はアンデルセンにとってただ単に創作のための一つのモティーフ、さらに紡ぎ続けることのできる糸の端であるばかりでなく、彼の人生体験の総まとめなのであった。[63]

アンデルセンは、オーデンセの名誉市民となった七十歳のときも、謝辞のなかでアラジンに自分をなぞらえている。

かくも大きな栄誉を与えていただき、……私はエーレンスレーヤーのアラディンを思い出さずにはいられません。……私にも神は、詩という、不思議なランプを与えてくださいました。[64]

アンデルセンにとっての天与の不思議なランプは詩的想像力であった。それは自尊感情の源泉でもあったことは、代表作「みにくいアヒルの子」からもわかる。

2 「みにくいアヒルの子」の自尊感情と顛倒の面白さ

自伝的童話「みにくいアヒルの子」

アンデルセンは、いかなる成功を手に入れようとも、アラジンと同じように自分も貧しかったことを忘れずに、貧しい者たちへ愛を注ごうとした。そのことは、代表作「みにくいアヒルの子」（一八四三）にも表れている。自分たちと違うからとの理由で仲間からいじめられていたアヒルの子が、成長して実は白鳥であったことを知るという物語である。

「白鳥の卵からかえったものは、たとえもし農場で生まれたとしても、たいしたことではありません。」»Det gør ikke noget at være født i andegården, når man kun har ligget i et svanæg!«［SEH208］と白鳥になったアヒルは説明されている。この言葉は、貧しかった幼少時代をアヒルの子、詩人としての成功を白鳥にたとえた自伝的サクセスストーリーであると解釈されることが多い。

確かに物語の中でアヒルの子が、姿形の醜さゆえにまわり中からいじめられ、つまはじきにされるところに社会の軋轢をみることは可能である。このことは、一見すると、本質的に白鳥であるアヒルの子は、いじめられようが大事に育てられようが、やがては成長して白鳥になるという、自然の本質の勝利を歌っているようにもみえる。物語の最後の場面[65]で、白鳥になったアヒルの子は美しい庭園の水辺にやってくる。

庭園に小さな子どもたちがやってきて、水の上にパンくずや麦つぶをなげこみました。一番小さな子が「新しいのがいる！」と叫びました……みんなは口をそろえて言いました。「新しいのがいちばんきれいだね！　とても若くてりっぱだよ！」すると、年上の白鳥たちもみんなこうべをたれました。［SEH209］

エリアス・ブレスドーフもこの白鳥となった結末をアンデルセン自身の成功に重ねて見ている。19世紀初頭のデンマーク社会においては、階級という壁を打ち破ることが非常に困難であったにもかかわらず、一介の靴屋の息子であったアンデルセンが作家として世間に受け入れられたことに注目している。

そして、当時の厳しい階級社会で下層階級に生まれても、天才は天才であるという考えが受け入れられた[66]ことが物語に表現されているというのである。

アヒルの子の本性としての尊さ

一方、アンデルセンの故郷オーデンセ大学で、長い間アンデルセン研究を牽引してきたヨハン・デ・ミュリウスは、従来の自伝的要素が強いという論を乗り越え、この物語のプロットを、環境や社会のような文化と生命体が根源的に持つ本性としての自然との葛藤[67]として捉えている。

そして、アヒルの子の本性は、白鳥であり、子ども時代にどのような環境にあったとしても、また、その片鱗がまったく見えなかったとしても、白鳥であるということにかわりはないという自然の本性とそれを抑えこもうとする文化との葛藤であるとする。[68]

ここで大切なことは、二つある。一つは、そうした本性の尊さは初めから内在しており、時期が来れば自然と顕現する本質的なものであるということである。アヒルの子は自分でも気づかないうちに白鳥となっており、その姿を他者から認められ尊重されたことで自己の本性に気づいている。このことは尊さが本来的なもので、存在としての尊さであることを示している。

もう一つは、受け入れられた後も、謙虚さと他者を大切にする心を忘れていないということである。白鳥となったことに幸せは感じているものの、決してそのことに対して高慢な気持ちにはならず、最後に「僕がみにくいアヒルの子だったときには、こんな幸せは夢にも見なかった！」»Så megen lykke drømte jeg ikke om, da jeg var den grimme Ælling!«［SEH209］と喜びの声をあげる。これは、自らの城の窓辺によってアラディンが言うセリフ「今見おろしているあのあたりを、かつて一介の貧しい少年だった私は歩いていたのだ[69]」と同じものである。

逆の立場を知っているからこそ、アヒルの子は白鳥であると気づいてからも、決して尊大になることなく謙虚な姿勢を持ち続け、他者を大切にしている。さらに自己の経験という内的なもの、すなわち、過去の苦労や辛さをも逆転させて、そこに喜びを感じてさえいる。

実はそこにこそ神の祝福がある、とアンデルセンは考えていたのである。このように根拠のない自尊感情は自分に対する信頼としての自信の源なのであり、他者を大切にする心と繋がっている。

したがって、〈児童文学ファンタジー〉は、ただ生まれてきた、それだけで自分も他人もかけがえのない存在であるということを顛倒によって表しているともいえる。顛倒と自尊が関連した物語は、アンデルセン童話だけでなく、長い間世界の様々な地域で、口承や書承を繰り返しながら受け継がれた物語の中にもしばしばみることができるし、現代の作品にも脈々と受け継がれている。

顛倒による自信の獲得

例えば、「ハリー・ポッター」シリーズでは、主人公のハリーがいじめられっ子だった現実世界と「生き残った男の子」(The boy who lived) としての魔法の世界での顛倒によって自尊感情を獲得していることはよく知られている。

また、その魔法世界の中での顛倒の面白さを見せるのは、ハリーとルームメイトであったネビル・ロングボトムである。彼は、魔法学校でも失敗ばかりで自信がもてない少年であったが、終盤にはヴォルデモートからの誘いを直接拒否できる勇敢な青年に成長している。そのため、「真のグリフィンドール生」としてグリフィンドールの剣を取り出すことに成功し、ヴォルデモートの最後の分霊箱である蛇のナギニを斬り殺し、勝利に大きく貢献したのである。

本書で度々取り上げている『アナと雪の女王』にも、自尊感情をもてないまま生きてきた主人公が、自分自身を受け入れる場面が話題を呼んだ。幼い頃の失敗から、エルサは雪と氷を操る自己の不思議な力を封印し、本来の自分を隠しながら生きていた。しかし、ついに隠しきれなくなって、それまで封印していた自分自身の力の解放が序盤になされているが、あまりにも有名な挿入歌 *Let it go*（邦題：ありのままで）には、今まで欠点だと思っていたものを個性として受け入れるエルサの心境の変化がよく表れている。最終的に、妹のアナの献身的な愛によって命を助けられたエルサは、自分の魔法の力も愛によって調整すればいいことに気づく。

一旦は失われたとしても、人間は本来的に絶対的な尊さがあり、〈児童文学ファンタジー〉はその尊さを確信している。登場人物に内在している尊さは、取り戻されることによって回復され、自己への信頼（自信）となり、他者を思いやる愛へと展開している。星座も単体で存在しているわけではなく、連なって意味のある物語をなしているように、〈児童文学ファンタジー〉の中でも自尊や愛は世界への信頼に繋がっていく。

3　明るい未来予見と世界への信頼

世界への信頼を通した自己省察

信頼は、自己の中に確立すると未来や世界に対しても向けられるようになる。次にあげる童話「アマの花」の中では、自己と世界に対する絶対的な信頼感を軸に物語は進められる。アマの花は美しく咲き誇り、自分ほど幸せなものはいないと自分自身に満足している。アマは絶対的な肯定感としての自尊感情を常に抱き続けている。

ところが、それを見た生垣の杭は「君は世の中というものを知らない」〔SEH332〕と言う。やがて、畑中のアマは紡がれてリンネルの反物になる。たくさんの花だと思っていたものが一つになったのである。次にそのリンネルから十二枚の下着が作られるが、いつでもアマはその時々の自己を受容している。やがてぼろぼろに引き裂かれても、アマにはありのままを受け入れている肯定感があり、今度は美しい物語が書かれた上質の紙になったことを喜ぶ。

「これは、僕が地上で小さい青い花だったときに見た夢をこえている！　僕が人間たちによろこびや知識を広めることができるなんて思ってもみなかった。どうしてかはわからないけど、確かにそうなんだ！」〔SEH334〕

物語が多くの紙に印刷され、何百冊という本となって人々に届けられる。そして、そのことは数限りないたくさんの人びとに喜びを与えたのである。紙は束ねられて印刷所の棚にのせられる。常に喜びを持っていたアマは、次のように考える。

「今はじめて僕のなかにあるものが本当によくわかった。そして、自分を知るということが真の進歩というものだ。さあ、今度はどうなるんだろう？　何か起こることは、いつだって進歩なんだ！」［SEH334］

アマの運命を見つめる姿は真摯であり、深い自己省察、探求がある。

自己と世界を信頼し続ける

やがて、紙の宿命でもあるが、役目が終わり燃やされることになる。

「今こそ、お日様のところへまっすぐのぼって行くぞ！」という声が炎のなかから聞こえました。それはなん千という声がいっしょに言っているようでした。……人間の目にはけっして見えないほどの小さい小さいものが、アマの花のようにたくさん、あたりに浮かんでただよっていました。［SEH334］

アマの花は最後まで、僕こそ一番の幸せ者であると思いつづけるという結びなのだが、様々のものに変化し、たくさんに分かれたり、一つになったりするアマのいう僕とは一体何であろうか。変化の過程でその時その時にアマの現実があり、すべてがアマであると同時に、どれも固定した現実ではなく、すべてが個としてのアマであるとはいえないというパラドックスがある。

そこでは、これこそが私であるという固定した現実は意味をなさなくなり、最終的にすべての私が否定され、目に見えない無数の粒子となって天へ昇っていくことで世界の全体へと回帰している。アマの花は、自分がどうなろうともありのままを受け入れていたが、そこには神の意思と愛に基礎づけられた、世界に対する信頼がみられる。

アンデルセンは、〈児童文学ファンタジー〉の基礎となる多くの星々をつくった。その後イギリスを中心に興隆した優れた児童文学は、それらと星座のように連なっている。そして、その影響は遠く日本の宮沢賢治まで繋がり、現代の作品群に影響を与えてもいるのである。

しかし、忘れてはならないことがある。星々は、物語という現実とは異なる位相の中で輝いているということである。愛や信頼、献身は奥行きのある多重構造の中で語られるとき、薄ぼんやりしたおぼろげなものとなる。おぼろげであることで、現実の知覚の限界を超越したあらゆる無限の可能性が開かれるのである。

したがって、これらの要素は現実時空に引きつけて徳目のように読んでしまうと、かえってその意味を狭めてしまい輝きが失われてしまう。現実と空想の多重構造の中でうっすらと透けてみえる光であるからこそ、時空を超えて繋ぎ合わせることが可能な普遍性を帯びるからである。

夜空の星々や星座も意味をもたないわけではないが、多くの場合ただ眺めるだけでその美しさを味わうことができる。その点は次章以降取り上げる宮沢賢治の童話についても同様である。

第二章　星図のサムネイル——イーハトーヴ

1　童話の創作と宗教的世界観の相関関係

1　宮沢賢治の童話創作と法華経

宮沢賢治と法華経

アンデルセンが拓いた〈児童文学ファンタジー〉は主に西洋を中心に引き継がれていったが、日本で継承したのは、宮沢賢治である。

童話作家宮沢賢治は、日本の文学史上、「「童話」を「文学の一ジャンル」として確立するということは、賢治童話においてこそ果たされた[70]」とされるなど、作品の創作と日本における領域の確立において重要な役割を果たした作家である。

創作の源泉となる原体験として、幼少期にアンデルセンをはじめとする童話の世界に感銘を受けた賢治は、作品中にもアンデルセンとその作品の登場人物の名前を用いているように強い影響を受けている。

アンデルセンにとってキリスト教が重要であったこと以上に、宮沢賢治にとっても法華経信仰の影響は計り知れない。したがって、賢治の文学創作と法華経信仰は切り離せないものである。十八歳で

明治29年（1896）	現花巻市に生まれる。
大正3年（1915） 18歳	旧制盛岡中学校卒業 肥厚性鼻炎の手術を受ける。 退院後、家業手伝い。 「漢和対照妙法蓮華経」を読み、感動を受ける。
大正8年（1919） 23歳	在京中、国柱会を訪ね、田中智学の講和を聞く。
9年（1920） 24歳	国柱会信行部に入会。町内で題目を唱えて寒修行。
10年（1921） 25歳	父との信仰上の対立から家出、上京。 国柱会で奉仕のかたわら、創作に励む。 妹トシ病気のため帰花。農学校教諭となる。
11年（1922） 26歳	トシ死去。「永訣の朝」「松の針」「無声慟哭」を書く。
15年（1926） 30歳	農学校を退職。農村向上運動の実践として独居、自炊し、羅須地人協会設立。
昭和3年（1928） 32歳	稲作相談、肥料設計、農事相談で暇のない生活が続き、過労のため入院。
6年（1931） 35歳	東北砕石工場の技師となる。その仕事の為の上京時、発熱､病状重く死を予感し遺書をしたためる。帰花後も病臥。病の床で「雨ニモマケズ」を記す。
8年（1933）	9.21『国訳妙法蓮華経』一千部を印刷して知己に贈ってほしい、と遺言し死去。（享年37歳）

（以上、堀尾青史編『宮沢賢治年譜』筑摩書房、1991年より抜粋）

法華経と出会った[71]賢治は大きな感銘を受け[72]、大正九年には国柱会に入会する。国柱会は、田中智学によって結成された、法華経を所依の経典とする在家[73]仏教団体である。「折伏と法国冥合（政教一致）を前面に押し出した活動を展開[74]」しており、当時の人々の心を捉え、社会に大きな影響を与えたとされている。折伏とは、鎌倉時代の僧侶で日蓮宗の宗祖である日蓮が、時の権力者に法華経への帰依を勧める際に重視した布教姿勢で、「相手の立場とは無関係に一方的に正法を説き聞かせながら教え導く布教方法[75]」を指す。
宮沢家の宗教であった浄土真宗を離れて、法華経へ入信したことが賢治の童話創作と密接にかかわる不可分なものとなっている。
前頁の表は、賢治の法華経信仰に影響を与えたと考えられる出来事の簡易年表である。

法華文学の創作

年表からもわかるように、入信当初から童話を創作したわけではない。大正一〇年（一九二一年）に家出・上京するまでは、他者を同じように入信させようとする折伏的な布教活動の態度が目立っていた。例えば、夜中に大声で題目を唱えながら太鼓をたたいて花巻町内を練り歩いたり、退学となった友人に宛てた手紙に過激なことを書いたりするなど狂信的（ファナティック）であった。
その最たるものが、父を改宗させるために東京の国柱会館で修養に励もうとして家出したことであろう。教えに傾倒した賢治は、並々ならぬ覚悟と熱意を持って鶯谷の国柱会館（国柱会中央事務所）[76]を訪ねたが、下足番でもなんでもすると、捨て身の奉公も辞さない当初の意気込みは、当時の国柱会理事高知尾智耀により軽く往なされる形となった。
しかしながら、その際高知尾から受けた「文学者はペンを以て……法華経を身に読み世に弘むる[77]」という在家主義的布教活動の示唆を啓示のごとく受けとめ、法華経信仰への情熱のほとんどを童話の創作に傾けたのであった。[78]
上京中の賢治が最も打ち込んだことは、多いときには「月に三千枚のスピードで、一氣に書いた[79]」という童話の創作活動であり、信仰上の唯一にして最大の成果といえるものは、帰花時トランクいっぱいに詰まっていた童話の原稿であった。

創作活動は、上京時の賢治の信仰の熱情の受皿となった一方で、当時の国柱会の思想に特徴的であった国体の概念とは異なる宗教的世界観や死生観に繋がったと考えられる。当時の国柱会は、後の十五年戦争の基盤となったイデオロギーである「八紘一宇」[80]に通じる思想を称揚していた。[81]

賢治も決して例外ではなかった。家出直前の大正九年一二月の保阪嘉内あての書簡で、「田中先生に　妙法が実にはっきり働いてゐるのを私は感じ私は信じ私は仰ぎ私は嘆じ　今や日蓮聖人に従ひ奉る様に田中先生に絶対に服従致します。御命令さへあれば私はシベリアの凍原にも支那の内地にも参ります。乃至東京で国柱会館の下足番をも致します。それで一生をも終ります」［十五 本 196］と述べている。

賢治童話に輝く〈児童文学ファンタジー〉の星座

しかし、鎌田東二は、田中智学の法華主義が併せ持っていた国体の概念と賢治の法華経信仰とが異なることを指摘している。[82]また、大島宏之も、国柱会時代の他者を強引に導き入れようとする折伏的姿勢は「本来的な態度ではなかった」[83]と断じている。そうした態度は「賢治にとって信仰心向上の延長として必然的に表出したものではなく」[84]、大正十年の帰花以降「恰も憑き物を落とすが如く、ファナティックな状態から脱却した」[85]としている。大島は、童話創作の影響については述べていないが、年代的にみても創作と信仰姿勢の変容には関連がみられる。

童話の創作が賢治の信仰に影響を与えたのには、これまで述べてきたような〈児童文学ファンタジー〉の特性が深く関わっている。

〈児童文学ファンタジー〉には、自己と世界への信頼があり、現実の死を超えた生命の永遠性への信頼があるが、それらが多重構造の中でおぼろげながら輝いているということである。そうした現実と空想のありようを受け継ぎながらも、賢治は独自の世界を信仰的に探求し、自らの童話世界の中で切り拓いているといえる。

本節では、特に賢治童話における自己への信頼から展開した自己の探求と、生命の永遠性に基づいた死生観と宇宙観に着目する。

2　理想像としてのデクノボー・常不軽菩薩・アラジン

デクノボーという生き方

〈児童文学ファンタジー〉の中で見られたような、存在の尊さや自己への信頼は、賢治童話においては、より宗教的な思索の様相を帯びている。宗教的関心から自己というものを探求することは、法華経信仰の深化を意味していた。なぜなら、大乗仏教にあっては、仏道修行とは、迷いに満ちた衆生・

凡夫から他者を救済する菩薩になることが目指されたからである。それは仏教徒にとっての一つの理想像の追求であるといえる。賢治がそうした理想像を、（特に晩年は）「デクノボー」に求めたことは周知のことである。

理想像としてのデクノボーについてみてみよう。死後に発見された手帳の中に書き記されていた「雨ニモマケズ」は、賢治の代名詞といえる程広く知られている。褒められもせず、苦にもされないデクノボーになりたいというこの一語には、賢治の深遠な思想と信念が凝縮されており、法華経のチャプター第二十に登場する常《じょう》不《ふ》軽《きょう》菩《ぼ》薩《さつ》を表わしたものであると考えられることが多い。

賢治が、この常不軽菩薩のように他者の尊さを絶対的に認める謙虚さこそ美徳と考えていたことは作品からもわかるが、その前に常不軽菩薩についてみてみよう。

常不軽菩薩の顛倒性

菩薩とは、自分だけの悟りを追求する修行のあり方よりも、他者と交わる現実の中で他者とともに救済される実践を希求し、社会全体の浄土化に努める者である。自他ともに救われる道を目指す菩薩は、大乗仏教では最も高位に置かれている。

特に常不軽菩薩は、「大乗仏教の一面を示す重要な菩薩[86]」であるとされる。そのため、法華経の行者になろうとするものにとっては非常に重要な意味をもつ場合が多い。

例えば、日蓮宗の開祖であり、鎌倉新仏教の祖師の一人である日蓮は、何度も迫害にあいながらも法華経の布教に邁進《まいしん》し、「末法において常不軽菩薩を継承する法華経の行者と自己認識した[87]」とされる。

理由の一つに、常不軽菩薩は「行」に徹した菩薩であったということがある。他の菩薩たちは、「衆生を救いたい」との願いは一つでも、その行動は相手に合わせて千差万別なのに対して、この菩薩は、その名の通り常にどんな相手をも軽んじず、その成仏をどこまでも信じ、礼拝するだけであった。馬鹿にされたと勘違いした人々に石を投げられたり、棒で打たれたりしてもなお、その礼拝行を行い続け、ついには仏となったのである。岩波仏教辞典第二版によれば、「これは一乗思想（すべての衆生が平等に成仏できるとする）の実践的表現である[88]」という。

したがって、法華経に登場する菩薩のなかでも最も高位に置かれる菩薩の一人であるといっても過言ではないが、この常不軽菩薩こそ、賢治がそうなりたいと願ったデクノボーのモデルであるとされる。常不軽菩薩とは、サンスクリット語のサダーパリブータの漢訳で、中国後秦時代に活躍した鳩摩《くま》羅什《らじゅう》の訳による名付けである。鳩摩羅什は、それまでの翻訳の誤りを正し、中国に仏教の神髄を伝えた名訳経僧《やっきょうそう》として知られる。

しかし、法華経の最初の漢訳であり、鳩摩羅什以前の同経典の訳として質・量ともに最も優れているとされる竺法護《じくほうご》訳ではやや趣が異なっている。「竺法護訳〈正法華経〉では〈常被軽慢〉となっていて〈常に軽んぜられた〉という意味[89]」であり、この菩薩自身が人々から軽んじられたことからその名前がついている。一見すると真逆のようであるが、鳩摩羅什訳と竺法護訳は表裏一体である。

本書では、これまで物語における逆転の意味で顛倒の語を用いてきたが、実は仏教用語では「顛倒」

は衆生の誤ったものの見方考え方、誤謬を意味する。相手を決して軽んじない常不軽菩薩は、本来なら非常に徳の高い優れた菩薩であるにもかかわらず、衆生が「顛倒」しているがゆえに、むしろ軽んじられている。逆に言えば、衆生が正見（正しいものの見方）を得たならば、真の尊さがわかり軽んじられないことになる。自分を軽んじている衆生に対して、そうした衆生を軽んじることなく、その成道（仏になること）をただひたすらに信じて待っているのが常不軽菩薩なのである。

どのような他者に対してもその尊厳に敬意を持ち続ける愚直さには、存在の尊さに基づく顛倒があり、その常不軽菩薩自体の尊さは衆生の顛倒によって軽んじられていることから明らかとなるという複雑さがある。

「どんぐりと山猫」の裁判にみる顛倒の面白さ

こうした常不軽菩薩の複雑な顛倒性は、「どんぐりと山猫」（『注文の多い料理店』一九二四）の中にもみることができる。どんぐりたちは、とがっていることや、丸いこと、大きいこと、背の高いことなど、皆それぞれ自分が一番であると主張するため、常に争いが絶えない。それらに対して一郎は、「いちばんばかで、めちやくちやで、まるでなつてゐないやうなのが、いちばんえらい」という判決を山猫に提案する。

この判決は、あれほどやかましかったどんぐりたちを一瞬にして黙りこませるだけの破壊力を持っていた。なぜなら、自分こそが「いちばんえらい」と騒いでいたどんぐりたちの相対的な比較の世界における価値基準を覆して、無効化するものだったからである。ここで、どんぐりたちは自ら「いちばんえらい」という名誉に与ることは「ばかで、めちやくちやで、まるでなつてゐない」［十二本15〜16］ということの証となるジレンマに直面し、比較によって生じる相対性を放棄せざるを得なくなるのである。

相対的な比較による優勝劣敗それ自体を破壊したこの判決は、裏を返せば、どのような特徴をもつどんぐりもみなそれぞれにすばらしいという絶対的な尊さへの目覚めを内包しているともいえる。常不軽菩薩は、自分を高みにおいて人を見下すようなところがない。仏教において菩薩は他者を救う存在として位置付けられているにもかかわらず、ただひたすらに相手の尊さを礼拝するのみなのである。そこには、相対的な比較の概念が存在しないということにおいて、どんぐりへの判決と同じ地平に立つものの見方・考え方があると考えられる。

賢治は、童話集『注文の多い料理店』の広告文の中で、この「どんぐりと山猫」を「必ず比較をされなければ《ママ》ならないいまの学童たちの内奥からの反響です」［十二校11］と説明している。

相対的な比較は誰が優れているかという競争に繋がる。結果として勝者と敗者を生む。しかし、勝者も次の競争ではいつ敗者になるかわからない。競争を終わらせない限り安穏は訪れないのであり、その元になっている相対的な比較を超える必要がある。

どんぐりの裁判の判決も常不軽菩薩も、「偉い」という概念そのものを顛倒したことで、相対的な比較を打ち破る、真の絶対肯定の世界を開いているのである。常不軽菩薩が、釈迦仏の前身であり最も仏に近いのは、この相対を超えたところに起因すると思われる。

アラジンのモチーフへの憧れ

この常不軽菩薩の精神は、賢治童話の世界では、アラジンのモチーフに結びついている。アンデルセンにとっても、アラジンは重要なイメージを形成したことは既に述べたが、同じように賢治の創作にも大きな影響を与えている。洋の東西を超えて、アラジンのモチーフは、詩人たちの想像力を刺激し、豊かな創作世界を拓くイメージの契機となっている。

賢治が常不軽菩薩のイメージをアラジンと重ねていたと考えたのは、佐藤勝治と儀府成一（母木光・本名藤本成二）である。

佐藤は、「法華経は、不軽菩薩のやうに、「ミンナニデクノバウトヨバレ、ホメラレモセズ苦ニモサレズ」にみんなの幸福を希ふ者が、やがて無上道に達し仏身を成就すると教へる」ものであり、「賢治は法華経の信仰が深まると共に、益益「デクノバウ」への願ひが昂まつていつたであらう」としている。そして、そのデクノボウの「不思議な予言の書[90]」として「アラビアンナイト」をあげる。

> この世の最高の希ひを達することの可能な魔法のランプを見つけ出す者は、まつたく、ばかでめちやくちやで、まるでなつてゐないとみんなが思つてゐるアラツデインとよぶ少年である。……アラツデインはデクノバウではないか。

アラビアン・ナイトの作者はどんな哲人であらうか。仏徒であらうか。余りにもふしぎな暗合である。

賢治はひそかに愕き、手を打つたことであらう。

（また　アラツデイン、洋灯《ラムプ》とり）

詩「屈折率」中のこの一句は、このやうにして生まれ、用意されたものでなければならない。かう考へてくれれば世界ぜんたいの幸福――無上道を求めて進む自分を、賢治は、魔法のランプを取りに行くアラツデインにたとへて考へたことは極く自然であるとわれわれに分る。[91]

そして、これが生前出版した二冊の本の巻頭に「どんぐりと山猫」「屈折率」がおかれた目的であり、賢治の思想（信仰）の中心をなすものであると断言している。儀府も、同様である。

ごく貧しいうえ、何のとりえもない男で、世間からは少し足りないとか、ウスノロとか呼ばれていた。ところが彼は、それさえあればこの世のすべての願いがかない、あらゆる倖せがえられる魔法のランプを、地底からとり出すべきたった一人の男だった、というのです。（読者はここで、賢治の童話『虔十公園林』の主役の虔十や、『雨ニモマケズ』にうたわれている、うろうろ歩きまわるデクノボウを思い出していただきたい）こういう一つ下とも思われるタイプは、賢治の理想像でもあったわけです。[92]

賢治がアラジンをぼんやりしたウスノロと考えていたと断定はできないが、[93] 彼だけが洞窟の扉を開けることができる唯一の存在であることは確かである。

アラジンのランプ取りとデクノボー

仏教者である紀野一義は、同じく「屈折率」を法華経の信仰を配達して歩く郵便脚夫を「アラッディン　洋燈《ランプ》とり」となぞらえているとする。そして「このランプの考え方は、法華経の「安楽行品《あんらくぎょうほん》」の中に説かれる「転輪聖王《てんりんじょう》の髻《もとどり》の中のマニ宝珠」の喩えに似ている」[94] ことを指摘している。宝珠は法華経の象徴である。

この人生の相の一切を知ることができるような智性を可能にしてくれるマニ宝珠、この世にある一切のものに匹敵するほど値打のある宝珠こそは、法華経であり、この法華経を賢治は「アラッディンの洋燈《ランプ》」と呼び、自分は「洋燈《ランプ》とり」であるというのである。すると賢治は、法華経の信仰は持っているがその奥義を究めているわけでなく、いまなお手探りで探し求めている最中だということになる。デクノボウに徹しようとした賢治の謙虚な気持ちは、この一句の中にも明らかに読みとられることであろう。[95]

いずれにせよ、賢治は、賢く優れた完全無欠なヒーローよりも、欠点もあり、人間味あふれるアラジンの姿に共感したといえるだろう。安藤美紀夫は、当時の時代性に鑑みて、賢治童話は「教育勅語の呪縛」に縛られておらず、「近代ヨーロッパの、いわゆる日本的童心主義と離れたところにある」[96]としたが、アラジンが常不軽菩薩を重ね合わせられたのだとすれば、相対的な競争による優勝劣敗とは異なる価値理念であるといえよう。

他者からはばかにされているとしても、相対を超えた絶対的な自尊感情を抱いているような、「虔十公園林」の虔十や「まなづるとダァリヤ」の白いダァリヤの花のように謙虚なものを褒め称えていることからも読み取れる。

また、自然の虹や芸術の女神ムーサを賛美する側の一植物や少女が、かえって称賛される形でその尊厳を表している「めくらぶどうと虹」「マリブロンと少女」などがある。これらは、常識的な判断を覆す顛倒の面白さがある。

「慢」に対する戒め

賢治は、相対的な比較の元に自分だけが偉いと思い、他者を見下すような見方、考え方は、「慢」として戒めている。

「貝の火」では、ウサギのホモイは、おぼれたヒバリの子どもを命がけで助けたことによって、ヒバリたちの王から貝の火という宝珠をもらう。先に述べた転輪聖王の宝珠を思わせる貝の火は、手入れ次第で立派になるという不思議な功力《くりき》を持っていたため、周りから畏敬の念をもたれるようになり、次第に高慢になってしまう。そうした慢心から仲間の信頼も宝を失い、ついには失明してしまう物語である。

また、「蜘蛛となめくじと狸」では相対的な価値を自認することがいかに危ういかが寓話的に描き出されている。他からの利益を貪って悪事を働いていた動物たちは、それぞれ自業自得として無残な最期を遂げる。「注文の多い料理店」の二人の紳士は、都会からやってきたブルジョワである自分たちを特別な存在だと思い込んでいる。そうした慢心から、山奥の西洋料理店で危うく山猫に食べられそうになる。食べる側のつもりが実は食べられる側であったという顛倒の面白さがある。

このように他者との比較における相対性のなかでは誰もが慢心を持ち得るのであり、そうしたことに対しては厳しい戒めがなされているのである。

こうした童話の創作は、日本的な世界統一の意味をもつ「八紘一宇」のスローガンの元に進められた近隣諸国への侵略とは大きく袂を分かつものであった。したがって、時代の潮流であった国体の思想も賢治の中では次第に影をひそめ、〈児童文学ファンタジー〉の要素を取り入れた独特の信仰的世界観が展開していったのである。賢治特有の信仰実践であった童話の創作が、賢治の宗教思想にも大きな影響を与える相関関係をもつものであったといえよう。

賢治の童話創作は理想像の追求だけではなく、同時に、厳しい自己省察もまた行うものでもあった。賢治は争いや迷いの世界を自らの心の内にも見出だし、修羅として見つめていたのである。

3　自己省察における修羅意識の発見

修羅界を彷徨う賢治の苦しみ

厳しい自己省察により、自己の深部にある闇の部分もまた鋭く見つめていた賢治は、そこに「修羅」の世界があることにも気が付いていた。自己に対する修羅意識をもっていたことは、詩集『春と修羅』からも明らかである。

鎌田東二は、賢治と田中智学との仏教理解の違いとして修羅意識の有無を挙げている。

田中智学には賢治がどうしようもなく深く抱え込んでいた「修羅」の意識はなかった。賢治にとっての「修羅」意識とは、痛みと共苦と祈りの源泉である。賢治にとっては、「修羅」の自覚なしに「菩薩」道の実践はなかった。[97]

修羅とは、仏教における六道（地獄界・餓鬼界・畜生界・修羅界・人間界・天上界の六つの世界）の一つであり、六道にはそれぞれ特徴はあるものの、いずれも苦しみや迷いに満ちた世界である。仏教の中では六道輪廻として、この世の全ての生き物は、その六つの世界を生まれ変わり死に変わりしながら、永遠にその輪廻から抜け出せずに苦しむものとされる。そして、仏教的な悟りの境地、すなわち解脱によってのみそこから抜け出せると考えられている。

中でも特に苦しい三悪道といわれるのは、地獄・餓鬼・畜生である。修羅界は、三悪道よりは上位にある。しかし、六道の中でもさらに上位に位置する人間界や天上界よりは三悪道に近いといえ、上も下も見えるところに位置している。

したがって、修羅界にいるものは、今にも三悪道に落ちそうになる自分と、仏や菩薩の世界と繋がる人間界に戻ろうとする自分とのせめぎ合いを経験せざるを得ない。修羅の苦しみとは、人間界と三悪道の間を揺れ動くからこそ沸き起こってくる懊悩なのではないだろうか。

中島敦『山月記』・李徴の修羅意識

例えば、修羅界の下の動物に生まれ変わるという畜生界は「人間に残害され、互いに殺傷しあう苦を受ける」[98]とされるが、実は、完全に畜生界に落ちてしまったならば、修羅のような葛藤や迷いのなかでの揺れ動くことから生じるような苦しみからは解放されるといえるのかもしれない。

中島敦の『山月記』の李徴《りちょう》をみてもわかるように、彼が苦しんでいるのは、虎になっている間ではなく、虎になっていることを知っている人間の姿に戻っている間なのである。物語の最後で完全に虎になってしまって月に向かって咆哮する李徴には、もはや友人の袁傪《えんさん》に語ったような、自分の生き方に対する慙愧の念や、人間ではなくなっていくことへの懊悩は見られない。

残害や殺傷は、虎として生きる本能に起因するものとなっており、内面的な葛藤としての苦しみをもたらさない。肉体的な苦しみはあるものの、内面的な苦しみからは解放されているといえよう。

したがって、鎌田が指摘したように、賢治にとっては苦しみ以外の何ものでもなかったにせよ、その修羅意識がむしろ彼の宗教的世界観に大きく影響し、またその死生観を深化していくうえで、非常に重要な意味を持っていたことは疑い得ない。

童話「よだかの星」の嘆きにみる修羅意識

しばしば、アンデルセンの「みにくいアヒルの子」と直接的な影響関係もあるとされる「よだかの星」をみてみよう。よだかもアヒルの子も、姿形が醜いためにみんなからいじめられるが、アヒルの子が自己の尊厳に目覚めるのとは対照的に、よだかは自己の罪や醜さに気づく。

当初、よだかはわが身を憂いていた。自分自身は何も悪いことをしていないのに、ただ姿が醜いために皆から嫌われ、とうとう神様からもらった名前まで捨てねばならないことを嘆いている。

（一たい僕は、なぜかうみんなにいやがられるのだらう。僕の顔は、味噌をつけたやうで、口は裂けてるからなあ。それだって、僕は今まで、なんにも悪いことをしたことがない。赤ん坊のめじろが巣から落ちてゐたときは、助けて巣へ連れて行ってやった。そしたらめじろは、赤ん坊をまるでぬす人からでもとりかへすやうに僕からひきはなしたんだなあ。それからひどく僕を笑つたつけ。それにあゝ、今度は市蔵だなんて、首へふだをかけるなんて、つらいはなしだなあ。）〔八本85〕

この嘆きには、何も悪いことをしていない自分、むしろ良いことをする、心が清らかな自分がなぜこのように苦しめられねばならないのか、という鷹や他の鳥の自分に対する態度への恨み辛みが込められている。よだかは社会における自己の尊厳に対する軋轢に憤りを感じているが、社会的立場の弱さからどうすることもできずに、結局我が身の不幸を嘆くのである。

自分は善であり、めじろや鷹は悪であるという意識がこの嘆きからは感じられる。そして、善なる自分が鷹という悪に苦しめられるような鳥たちの社会に失望しているのである。よだかの嘆きは悲痛であるし、弱い立場の者が理不尽なことで苦しめられることは許されるものではない。強い者の意見だけがまかり通るような不平等は解消するべきであることは言うまでもない。

しかし、他者との比較による相対的なものであるという点に関しては、鷹とよだかの価値基準は本質的には同じものである。鷹が姿形の美醜に価値基準をおいたものを、よだかは善悪に置き換えたにすぎないからである。

道徳的な善悪を超える「鳥の北斗七星」

道徳的には、このよだかの善悪の価値基準は正しい。人間として、姿形の美醜よりも心の清らかさや善悪を価値基準にすることは、より崇高であるともいえる。だが、六道輪廻からの解脱を目指す仏教においては、善悪もまた相対的な価値基準の一つとなる。そうした世俗の悩みや苦しみを生む煩悩から離れ、仏の絶対性のなかに身を置く自由の境地が目指されているからである。もちろん、仏教でも悪をなすことは厳しく戒められるが、究極には善悪も含めて世間の相対的な価値基準を超えていこうとする。

この相対的な価値基準を超えているのが、「烏の北斗七星」（『注文の多い料理店』一九二四）である。烏同士の戦争が主題となっているこの物語の中では、烏の大尉が敵の山烏を殺す場面が描かれている。生き物が生きていくうえにおいては、道徳の善悪で測れない厳しい現実が存在している。烏の大尉も、戦争という厳しい現実を受け入れ、一度は死を覚悟している。だから、敵艦を撃沈した勝利の涙とは別に敵の山烏の死に対する涙をこぼす。そしてその死骸を葬ることを願い出た後、「マヂエルの星《ほし》の居《ゐ》るあたりの青《あを》ぞらを仰《あふ》ぎ」次のように祈るのである。

（あゝ、マヂエル様《さま》、どうか憎《にく》むことのできない敵《てき》を殺《ころ》さないでいゝやうに早《はや》くこの世界《せかい》がなりますやうに、そのためならば、わたくしのからだなどは、何《なん》べん引《ひ》き裂《さ》かれてもかまひません。）
〔十二本44〕

自らの死を意識した鳥の大尉（少佐）にとっては、敵の死もまた悼むものとなっている。善悪のような相対的な価値観は、立場が変われば簡単に転じてしまうのである。
よだかも、自然の摂理の中では、自分が弱者を搾取する立場にも転ずることに気づく。

急に胸がどきっとして、夜だかは大声をあげて泣き出しました。泣きながらぐるぐるぐるぐる空をめぐったのです。
（あゝ、かぶとむしや、たくさんの羽虫が、毎晩僕に殺される。そしてそのたゞ一つの僕がこんどは鷹に殺される。それがこんなにつらいのだ。あゝ、つらい、つらい。僕はもう虫をたべないで餓えて死なう。いやその前にもう鷹が僕を殺すだらう。いや、その前に、僕は遠くの遠くの空の向ふに行ってしまはう。）［八本86］

要するに、自分の中にも鷹と同じような他に害を及ぼす悪が内在していることに気づいたわけだが、この苦しみは自らの修羅世界が意識化されたことにより生じているといえよう。

生と死のパラドックスを乗り越える

これは動物が本質的にもつ「生きることのパラドックス」であるということができる。生命体は生きている限りにおいて、他の命を奪い続ける。生きる為には食べなければならず、食べるということは他の命を頂くことである。それぞれが自らの命を生かすために、他者の命を奪う争いが絶えまなく続く世界は、まさに修羅の世界である。

他の命を奪うことなく生き続けることは不可能であるから、この修羅の苦しみは生きる以上逃れることができない。この苦しみを消滅させようとすることは、「死」を意味するからである。したがって、多くの人はこのことを見て見ぬふりをするしかない。

しかし、よだかは、自己を見つめるなかでそのことに気づいてしまった。そして、争いの世界から離脱するために星になろうとする。

寒さや霜がまるで剣のやうによだかを刺しました。よだかははねがすっかりしびれてしまひました。そしてなみだぐんだ目をあげてもう一ぺんそらを見ました。さうです。これがよだかの最后でした。もうよだかは落ちてゐるのか、のぼってゐるのか、さかさになってゐるのか、上を向いてゐるのかも、わかりませんでした。たゞこゝろもちはやすらかに、その血のついた大きなくちばしは、横にまがっては居ましたが、たしかに少しわらって居りました。

それからしばらくたってよだかははっきりまなこをひらきました。そして自分のからだがいま燐の火のやうな青い美しい光になって、しづかに燃えてゐるのを見ました。［八本89］

よだかがやすらかなこころもちで少しわらっているのは、「マッチ売りの少女」の最後の場面を彷彿とさせる。少女がおなかのすくことも寒いこともないところへ行ったのと同様に、よだかも星になったことで救済されている。

このように、賢治童話にも、社会における現実の厳しさに向きあい、受け入れていくなかでの自己探求があり、最終的にはすべての他者への愛へと昇華されていく。多重構造の中で別世界を一旦潜り抜ける場合、賢治はそこを仏の在処として描いている。

4 仏教的他界観に与えた童話の創作の影響

死と生の相克の物語

〈児童文学ファンタジー〉において、最も魅惑的で原初的な別世界は、死と結びついていることが少なくない。なぜなら、キリスト教以前の土着的な信仰とも関連している妖精の在処としての他界が、死後の世界とイメージ上で重なり合っていたからである。

アンデルセン童話において、「物語中の現実」での死は、そうした他界としての別世界での再生を通して描き出されていた。こうした死の描かれ方は、一般的にキリスト教的な愛に基づいたものであると理解されている。恵み深い神の愛による救済であるとされているのである。

一方、賢治の童話では、生と死が表裏一体となって、一旦死後の世界を経験し帰還するという循環が描かれている。登場人物の生も死も、法華経的な永遠の仏によって導かれていることが明確に描かれている物語として、「ひかりの素足」をみてみよう。

雪の中で遭難した兄弟は、ともに彼岸（他界）の世界に行くが、兄だけが生還するこの物語には、その兄・一郎からみた弟・楢夫の死と死後の世界の光景が描かれている。物語の冒頭では、これから起こることが予見されているかのように、山小屋の明るい風景の中に「悲しさ」が描かれている。一瞬ではあるが、死を暗示する風の又三郎の言葉に「おっかない」と泣く楢夫とそれをみて胸がつまる一郎の姿が「悲しさ」を表している。どこか遠くへ自分だけ連れ去られるのではないかという楢夫の恐怖と、愛するものを失うのではないかという一郎の不安という兄弟の感情が、物語を客観的なかわいそうなものというよりも主観的な悲しいものとしている。

「笑い」にみる悲しみの表象と救済

泣きやまない楢夫により、日常の生活の中では目を背けている死というものが、実は生の傍らに常に存在するものであることが浮彫りにされると、それを振り払うかのように父親は無理矢理泣くように笑い、一郎は胸が詰まって笑うことができない。

「笑い」はこの物語で大きな役割を果たしている。物語の最初の場面におけるこの父親の笑いは、楢夫の死を予感させ、笑おうとするが無理をしているところが余計に悲しみを誘う。なぜなら、その予感は父親や一郎にとってはっきりと認知されたものではなく、楢夫を愛で慈しんでいるがゆえの直感のようなものであるからである。

しかし、大人である父親は、その直感に対して鈍い。すぐそのことを忘れ、馬をひいた人に子どもたちを頼む時にはもう普通に笑ってお辞儀をしている。その後、兄弟は大人とはぐれて遭難し、彼岸を見るが、一郎だけが再び此岸に帰されるのである。

最も重要な笑いは、死後の笑いである。前節で取り上げたように、「マッチ売りの少女」でも、「よだかの星」でも、主人公は最後にくちもとには微笑みをうかべて死んでいるが、楢夫もかすかに笑っている。この笑いは人間の感覚としての死への恐怖、悲しみからの救いを意味していると思われる。

日本的死生観言説からの解放

また、死後の世界には鬼たちがおり、日本的な死生観言説の一つ、賽の河原を彷彿とさせる。親より先に死ぬ子は罪深いためか、その足も傷ついている。だが、痛みに耐えながら歩かなければならない弟の姿を見て、兄は「私を代りに打って下さい。楢夫はなんにも悪いことがないのです」とかばう。鬼は「罪はこんどばかりではない」とこの苦しみが前世からの宿業であることを示し、仏教的輪廻の思想が色濃く表れている。そして「にょらいじゅりゃうぼん第十六」［八本297～299］という言葉とともに表れた立派な人によって救済される。

「妙法蓮華経如来寿量品《にょらいじゅりょうほん》第十六」は、法華経の最も重要なチャプターである。今目の前で法を説いている釈迦仏が、実は無限の過去から未来へと生き通しの永遠の生命をもつ仏であることが明かされる。それは、「我々と同じように生まれ滅してゆく仏の本源に、永遠不滅の仏があり、この不滅の仏の応現が現実の釈迦仏である」[99]ということである。不滅の仏と現実の釈迦仏が二重写しとなっているこの品において、別の位相の世界が顕現しているわけであるから、法華経という経典が〈児童文学ファンタジー〉と同じ多重構造であることがわかる。

要するに、寿量品で明かされるのは、仏の本体が現実の仏陀を超えたところにあるという仏の多層性である。すなわち、今ここの仏と過去・現在・未来に渡って衆生を済度し続ける永遠の仏「久遠の本仏」とが重なり合わさるものであることが、法華経の教えの中心をなしているといってもよい。

「ひかりの素足」の立派な人も、姿は一つではなかった。地獄のような場所で鬼たちからひどい仕打ちを受けて苦しんでいた子どもたちの目の前に現れた時、一郎はまぶしいような気がして「貝殻のやうに白くひかる大きなすあし」しかみることができない。

子どもたちは、その人から「こゝは地面が剣でできてゐる。お前たちはそれで足やからだをやぶるさうお前たちは思ってゐる、けれどもこの地面はまるっきり平らなのだ」［八本300〜301］と告げられ、そこが美しい浄土のような世界に変わっていることに気づく。

死者を救済する永遠の仏と出会う

如来寿量品では、「眼前の入滅間近い釈尊が、はるか久遠の昔に成仏を遂げて今に及び、そして未来にもそれに倍する寿命を有して常に霊鷲山におられ、仏を希求する者にはいつでもその姿を現ずる」[100]ことが明かされたのと同じように、「その人」も姿を変える。「立派な瓔珞をかけ黄金の円光を冠りかすかに笑ってみんなのうしろに立って」いるのである。誰よりも立派なその人はすべての人をただちに救済する超越的な力を持っている。

一郎の足の傷や何かはすっかりなほっていまはまっ白に光りその手はまばゆくいゝ匂だったのです。

みんなはしばらくたゞよろこびの声をあげるばかりでしたがそのうちに一人の子が云ひました。

「此処はまるでいゝんだなあ、向ふにあるのは博物館かしら。」

その巨きな光る人が微笑って答へました。

「うむ。博物館もあるぞ。あらゆる世界のできごとがみんな集まってゐる。」

そこで子供らは俄かにいろいろなことを尋ね出しました。一人が云ひました。

「こゝには図書館もあるの。僕アンデルゼンのおはなしやなんかもっと読みたいなあ。」

一人が云ひました。

「こゝの運動場なら何でも出来るなあ、ボールだって投げたってきっとどこまでも行くんだ。」

非常に小さな子は云ひました。

「僕はチョコレートがほしいなあ。」

その巨きな人はしづかに答へました。

「本はこゝにはいくらでもある。一冊の本の中に小さな本がたくさんはいってゐるやうなのもある。小さな小さな形の本にあらゆる本のみな入ってゐるやうな本もある、お前たちはよく読むがいゝ。運動場もある、そこでかけることを習ふものは火の中でも行くことができる。チョコレートもある。こゝのチョコレートは大へんにいゝのだ。あげやう。」［八本301〜303］

賢治の作品には登場人物の生と死に関連して、しばしば仏を思わせる超越的な存在が描き出されているが、子どもたちは「マッチ売りの少女」と同じように、望みのものが手に入る喜びに満ちた世界に行ったことがわかる。先ほどの恐ろしい地獄のような世界とは打って変わって平和なこの世界は、同じ死後の世界でも地獄ではなく浄土といえるだろう。

仏教でいう浄土は、我々衆生が住む娑婆世界に対照される仏の世界である。浄土には三種類あり、死後に赴く来世浄土、現実世界を浄土化する浄仏国土、永遠で絶対的な浄土である常寂光土がある。来世浄土は、日本では浄土宗の広まりとともに阿弥陀如来の西方極楽浄土を指すことが多い。それぞれのありようは異なっており、来世浄土は往く浄土、浄仏国土は成る浄土、常寂光土は在る浄土と表される。子どもたちはそこに行ったことになるので、来世浄土に近い世界といってもよい。

現実世界を楽土に変える使命を担う（浄仏国土）

だが、一郎だけは次のような言葉とともに再び現世に戻される。

「お前はもう一度あのもとの世界に帰るのだ。お前はすなほないゝ子供だ。よくあの棘の野原で弟を棄てなかった。あの時やぶれたお前の足はいまはもうはだしで悪い剣の林を行くことができるぞ。今の心持を決して離れるな。お前の国にはこゝから沢山の人たちが行ってゐる。よく探してほんたうの道を習へ。」〔八本303頁〕

「お前の国」とは現世、生者の国であり、「こゝ」とは浄土、死者の国であろう。仏を思わせる「その人」は、浄土からたくさんの人が現世に行っていると言うのである。この言葉は、賢治の実人生や宗教思想と深く関わっている。大乗仏教では、多くの他者を救済するための修行を行う菩薩となることが目指されたが、賢治もそうした菩薩としての修行に励んだことは既に述べたとおりである。

菩薩の行と死生観や世界観との関連について詳しく述べよう。仏が入滅してから長い年月が経っているこの世界は、悩み苦しみに満ち溢れ汚れている。仏がいないからこそ汚れた穢土《えど》となっているのであるから、逆に言えば、そこには仏は住まうことができない[101]のである。

仏のいる世界に救済があるとなれば、人間が救われるためには仏のいる世界に行くか（来世浄土）、この現実世界を仏が住めるものにするか（浄仏国土）が一般的な選択肢であろう。来世浄土は仏の力に依り、浄仏国土は仏がいない世界を浄土に変える菩薩の力に依るところが大きい。賢治が選んだ国柱会は浄仏国土を目指していた。浄仏国土は仏からその使命を託された菩薩によって作られる浄土であるから、この現実世界での菩薩としての行いが重視される現世主義となる。

田中智学の国柱会は、法華経を広めることで社会全体、ひいては世界全体を変え、人々を救おうとした。賢治が心酔したのはそうした仏の教えを現実社会に実現しようとした現世主義的志向であり、それはこの世を仏の世界に変える浄仏国土の試みであったといえよう。

来世浄土と浄仏国土を繋げたすべての人の救済

賢治が幼少期から慣れ親しんでいた浄土真宗は、念仏を唱えることで誰もが死後阿弥陀如来のいる極楽浄土に行けるとする信仰である。来世浄土を信じることは、死の恐怖や悲しみを和らげるものであるが、そこから法華経に宗旨替えした賢治にとって、亡くなったトシ子が浄土にいると信じることはできなかったであろうことは想像に難くない。

トシ子の死後、臨終の場面が描かれた「永訣の朝」や、その魂を求めて彷徨した「青森挽歌」「オホーツク挽歌」等の挽歌群の中で賢治があれほど激しく懊悩したのは、彼岸を信じることで得られる安らぎをどうしても受け入れることができなかったからではないだろうか。

死者の居場所を求めるようとするのは、人間の原初的な願望であり、様々な宗教の根幹をなすものである。死者がどこか別の世界で安らかに暮らしているというイメージは、生者にとってその人が現実にはいないという悲しみを軽減してくれる。少なくとも賢治にはそうした浄土信仰に触れる原体験があった。にもかかわらずそのことを拒否した賢治は、その悲しみを丸ごと受け止めて味わわねばならないだけでなく、自力で打開する道を探す必要があった。

もともと感受性が豊かで人の悲しみに対して敏感であった賢治であるので、自分より年若い妹の死の悲しみはひとしおであったに違いない。だが、それ以上に彼が苦しんだのは、これまで純粋に求めてきた現世主義的信仰の中に、その悲しみを軽くしてくれるような場所をすぐには見出だせなかったからだと推察される。

賢治が農学校の教諭を辞して、羅須地人協会を設立し、農村向上運動に専心したのは、死の悲しみを現世主義によって乗り越えようとしたためでもあると考えられる。亡くなったトシ子の行き先や居場所を探す代わりに、現実世界でみんなの幸いを求めようとしたのは、現世主義的救済としての浄仏国土を拡大して死者の救済をも目指したものであったといえる。

そうした浄仏国土によってこそ、生者も死者も救済されるという信念があったことは、先ほどのセリフはもちろん、他の作品からも窺える。というのも、〈児童文学ファンタジー〉に親しみ、創作に励んでいた賢治にとって、現実と空想、すなわちこの世とあの世は行き来が可能な世界であったからである。

〈児童文学ファンタジー〉では、現実と空想が分かれながらも行き来が可能で、かつ入れ子となった現実と空想がどこまでも多重化して含みこまれていく。その世界を感得していた賢治の中で来世浄土と浄仏国土が繋がり合って、現世を浄土にすることが生者も死者も含めたすべての人を救うことに繋がると考えたとしても不思議はない。

しかし、当時の東北の農村の社会的な貧困の状況は厳しく、一個人の努力で浄土化できるようなものではなかった。もともと丈夫な体質ではなかった賢治は健康を害し、現実における浄土建設の試みは挫折を余儀なくされた。

成る浄土としての浄仏国土もまた諦めざるを得なくなったわけだが、賢治にもう一つの浄土、常寂光土の可能性を開いたのもやはり〈児童文学ファンタジー〉の創作であった。

〈児童文学ファンタジー〉の創作と常寂光土

三つ目の浄土である常寂光土は、一切の限界を超えた絶対的なもので、如来寿量品で明かされた仏の本体である永遠の仏、法身仏の住まうところである。[102] 限界を超えた絶対性は、相反するものが相反したままに重ね合わされることで可能となる。「如来寿量品第十六」における現実の釈迦仏が永遠の仏であることや、衆生の住む娑婆世界の中に仏の住む浄土が在るとする常寂光土にはそうした絶対的な背反の再統合がみられる。

天台宗の開祖、智顗が「娑婆即寂光」としたのは、常寂光土が既に現実に在る浄土だからである。透徹した眼をもつことで、悩み苦しみに満ちた穢土である娑婆世界の奥に、おぼろげながら透けて見える浄土がはっきりと見出だされたとき、在る浄土としての常寂光土が立ち現れる。

これまで述べてきたように、現実とは異なるもう一つの世界を描く〈児童文学ファンタジー〉は多重構造をもつ。〈児童文学ファンタジー〉では、現実の死が自分の生命の終わりではなく、別世界での死後の生が確信されていた。そこでは現実と空想とがおぼろげながら透けて見えるように重ね合わされた二重写しの世界が広がっており、愛や信頼の他に生命の永遠性への信頼もみられた。賢治にとっての童話の創作や改稿は、改めてトシ子の生命の永遠性への信頼を回復するものであったと同時に、常寂光土としての浄土観を構築するものでもあったといえよう。

亡くなる前日まで農民の肥料の相談に乗る[103]などの菩薩行の実践を行っていた賢治が、最期まで法華経の信仰を捨てたわけではないことはその遺言[104]からもわかる。しかし、浄土のありように関連した現世主義は変容しており、そこには〈児童文学ファンタジー〉の創作が大きく関わっていたといえる。

要するに、賢治は創作や改稿を通して、そうした〈児童文学ファンタジー〉の北極星《ポラリス》を基軸に、生きる世界と死後の世界の双方が重ね合わされた場所を見出だしたといえよう。それが、創作の中の常寂光土ともいえる、イーハトーヴなのである。

2　イーハトーヴの世界への招待状

1　イーハトーヴの扉が開かれるとき

イーハトーヴと〈児童文学ファンタジー〉

賢治はイーハトーヴという常寂光土を、創作の小宇宙の中で読者に示したといえる。〈児童文学ファンタジー〉は読者をも含み込む入れ子構造をもつことを感じ取り、自ら描く世界の総体、「ドリームランドとしての日本岩手県」［十二校10］に招き入れようとしている。この意味でイーハトーヴは〈児童文学ファンタジー〉の星図のサムネイルであるといっても過言ではない。

その詳細を明らかにするために、イーハトヴ童話と名付けられた『注文の多い料理店』の序をみてみよう。ここでは、自身が創作した「童話」がどのようなものである説明がなされている。

わたしたちは、氷砂糖《こほりざとう》をほしいくらゐもたないでも、きれいにすきとほつた風《かぜ》をたべ、桃《もゝ》いろのうつくしい朝《あさ》の日光《につくわう》をのむことができます。

またわたくしは、はたけや森《もり》の中《なか》で、ひどいぼろぼろのきものが、いちばんすばらしいびらうどや羅紗《らしや》や、宝石《はうせき》いりのきものに、かはつてゐるのをたびたび見《み》ました。

わたくしは、さういふきれいなたべものやきものをすきです。

これらのわたくしのおはなしは、みんな林《はやし》や野《の》はらや鉄道線路《てつだうせんろ》やらで、虹《にぢ》や月《つき》あかりからもらつてきたのです。

ほんたうに、かしはばやしの青《あを》い夕方《ゆふがた》を、ひとりで通《とほ》りかかつたり、十一月《ぐわつ》の山《やま》の風《かぜ》のなかに、ふるえながら立《た》つたりしますと、もうどうしてもこんな気《き》がしてしかたないのです。ほんたうにもう、どうしてもこんなことがあるやうでしかたないといふことを、わたくしはそのとほり書《か》いたまでです〔。〕

ですから、これらのなかには、あなたのためになるところもあるでせうし、ただそれつきりのところもあるでせうが、わたくしには、そのみわけがよくつきません。なんのことだか、わけのわからないところもあるでせうが、そんなところは、わたくしにもまた、わけがわからないのです。けれども、わたくしは、これらのちいさなものがたりの幾《いく》きれかが、おしまひ、あなたのすきとほつたほんたうのたべものになることを、どんなにねがふかわかりません。［十二本7］

初めに、とても美しいイマジネーションの世界が語られていることから、イーハトーヴとしての童話世界もそうしたものであることがわかる。たべものやのみものというのは、人間にとって不可欠な滋養だということである。また、厳しい現実とその奥に透けて見える「シンデレラ」のような魔法の世界が同時に見える世界でもある。

続いて、これらの物語の創作の方法が明かされる。物語は豊かな自然から受け取ったものであるが、「どうしてもこんなことがあるやうでしかたない」とリアリティが強調されている。要するに、美しい空想の物語は、生きていくうえで必要であったり、厳しい現実から生じていたり、リアリティをもっていたり、現実と不可分なのである。

賢治は、童話は心の中のイメージ世界であるけれども、現実と全く離れたものでもないという。換言すれば、童話においては、イメージと現実は交じり合ってはいないけれども、重ね合わさっているということである。だから、理性（頭）では「わけがわからない」けれども、感性（心）では、「どうしてもこんな気《き》がしてしかたない」と受け止められる世界となる。

最後の二行では、祈りである。これらの物語が必ず役に立つかどうかもわからないし、合理的であるともいえないけれども、目には見えない「すきとほつたほんたうのたべもの」となって、読み手の滋養となることを願っている。透き通っているのであるから、透けて見えるけれども確かにそこにあるという二重写しが、読者まで拡大してさらに多重化することを願っている。「おしまひ」という言葉からもわかるように、いつの日かそうなることを信じる賢治の祈願が込められているのである。

物語の語り手として創作する

アンデルセンは、声なきものの声を聴くことで物語を創作していたという立場を表明していたが、賢治も物語自体を自然から受け取ったものであるとしている。それは「わたくしのおはなしは、みんな林《はやし》や野《の》はらや鉄道線路《てつだうせんろ》やらで、虹《にぢ》や月《つき》あかりからもらつてきたのです」［十二本7］という序の言葉にも表れている。

天沢退二郎は、これらの書き出しが「その物語の語りが語り手のさらに彼方からくるものであること、語り自体のオリジンの非人称性というものを直截に明らかにしている」[105]とする。

これらは、創作にもかかわらず、あえて聞き書きという語りのスタイルをとることによって「作者はその物語の創造主ではない、風が私に物語ってくれたのを、そのとおり書いたまで」[106]であると宣言しているのである。現実とは異なるそれらの物語が、想像力によって自らの心象中に浮かんだにもかかわらず、その物語が自分の内部から出てきたもののようには思えないと感じていたということである。

梅原猛は、このような賢治の童話の世界について、人間と対等な動物の世界や生命との親愛関係をみていたとする。

そこでは、動物は人間と対等な意味をもつ。動物も人間と対等な同じ生命をもっているのである。そして、そこでえがかれるのは、動物と人間が共通にもっている生命の運命である。賢治は、童話によって人間世界を風刺して、人間世界を改良しようとしたのではない。むしろ、人間が動物をはじめとする天地自然の生命と、いかにして親愛関係に立つべきかを示したのである。[107]

そして、賢治は「純粋な眼で、彼は生きとし生けるもののなかにある深い悲しみをみつめている」[108]のであり、イソップ寓話のような動物を人間の諷喩とする見方とは異なるものであるという。

動物たちの会話を聴く耳をもつ

確かに、梅原が指摘するような人間と動物の親愛関係は、「なめとこ山の熊」や「鹿踊りのはじまり」(『注文の多い料理店』一九二四)の動物の会話を通した親子愛や自然理解の中にみることができる。

まず、「なめとこ山の熊」からみてみよう。この物語の主人公小十郎は、月光の中、むこうの谷を眺めている熊の親子に出会う。熊の親子の会話は、先に挙げたアンデルセンの『コウノトリ』を彷彿とさせる。

するると小熊が甘へるやうに云ったのだ。「どうしても雪だよ、おっかさん谷のこっち側だけ白くなってゐるんだもの。どうしても雪だよ。おっかさん。」すると母親の熊はまだしげしげ見つめてゐたがやっと云った。「雪でないよ、あすこへだけ降る筈がないんだもの。」子熊はまた云った。「だから溶けないで残ったのでせう。」「いゝえ、おっかさんはあざみの芽を見に昨日あすこを通ったばかりです。」小十郎もぢっとそっちを見た。

……「おかあさまはわかったよ、あれねえ、ひきざくらの花。」「なぁんだ、ひきざくらの花だい。僕知ってるよ。」「いゝえ、お前まだ見たことありません。」「知ってるよ、僕この前とって来たもの。」

「いゝえ、あれひきざくらでありません、お前とって来たのきさゝげの花でせう。」「さうだらうか。」子熊はとぼけ〔た〕やうに答へました。小十郎はなぜかもう胸がいっぱいになってもう一ぺん向ふの谷の白い雪のやうな花と余念なく月光をあびて立ってゐる母子の熊をちらっと見てそれから音をたてないやうにこっそりこっそり戻りはじめた。風があっちへ行くな行くなと思ひながらそろそろと小十郎は後退りした。くろもぢの木の匂が月のあかりといっしょにすうっとさした。［十本166〜167］

ひきざくらはコブシのことで、早春に他に先駆けて咲くため子熊は雪だと思ったのであろう。斎藤文一はこの場面について、「宇宙万物と、おのずからにして共生する生物のあいだにかわされる、匂いのぼるような、なんとめずらかな会話であろうか[109]」と絶賛している。

また、「鹿踊りのはじまり」の中では、嘉十が鹿にえさをあげようとしてうっかり落とした白い手ぬぐいを見て不思議がる鹿の会話が聞こえてくる場面がある。

嘉十《かじふ》はにはかに耳《みゝ》がきいんと鳴《な》りました。そしてがたがたふるえました。鹿《しか》どもの風《かぜ》にゆれる草穂《くさぼ》のやうな気《き》もちが、波《なみ》になつて伝《つた》はつて来《き》たのでした。

嘉十《かじふ》はほんたうにじぶんの耳《みゝ》を疑《うたが》ひました。それは鹿《しか》のことばがきこえてきたからです。……

「なぢよだた。なにだた、あの白《しろ》い長《なが》いやづあ。」

「縦《たて》に皺《しは》の寄《よ》つたもんだけあな。」

「そだら生《い》ぎものだないがべ、やつぱり蕈《きのこ》などだべが。毒蕈《ぶすきのこ》だべ。」

「うんにや。きのごだない。やつぱり生《い》ぎものらし。」

「さうが。生《い》ぎもので皺《しわ》うんと寄《よ》つてらば、年老《としよ》りだな。」

「うん年老《としよ》りの番兵《ばんぺい》だ。ううはははは。」

「ふふふ青白《あをじろ》の番兵《ばんぺい》だ。」

「こんどおれ行《い》つて見《み》べが。」

「行《い》つてみろ、大丈夫《だいじやうぶ》だ。」

「喰《く》つつがないが。」

「うんにや、大丈夫《だいじやうぶ》だ。」［十二本89～91］

楽しそうに、手ぬぐいをめぐってやりとりしたり、踊ったりしている鹿を見るうちに嘉十は自分までが鹿のような気になってくる。一度は思いとどまったものの、太陽を見て歌い始める鹿たちに同化していき、とうとう自分と鹿との違いを忘れて飛び出していってしまうのである。そこには、人間と動物との親愛にとどまらない、人間も自然の一部となって溶け合った自他一体の世界が広がっている。賢治は、自己の世界をさらに外部に拡大していく。

仏教的悟りの境地と創造的創作の一致

童話「マグノリアの木」は、動物のような生き物を超えた自他一体の世界を描いた不思議な物語だが、賢治が達した仏教的な境地を象徴的にみることができる。「マグノリアの木」は、険しい山谷を歩いている主人公の諒安が体験した幻想的な出来事が語られる小編である。マグノリアはモクレン科の学名で、コブシ、モクレン、ホオノキなどがこの科に属しており、先述の「なめとこ山の熊」のひきざくらも同じ仲間である。この物語では、山谷の一面に白い花を咲かせている。

霧深い谷を黙々と歩く諒安は、疲れから少しなだらかなところに体を投げだしてうたた寝してしまう。そして、誰かが、あるいは諒安自身が、耳の近くで次のように何度も叫ぶのを聞く。

(これがお前の世界なのだよ、お前に丁度あたり前の世界なのだよ。それよりもっとほんたうはこれがお前の中の景色なのだよ。)

それに対して諒安は、まどろみのなかで返事をする。

(さうです。さうです。さうですとも。いかにも私の景色です。私なのです。だから仕方がないのです。)［九本269］

非常に不思議な会話だが、この世界はすべて心の現れであるとする仏教的な視点とみることもできるし、また、自分と他を一体化してものごとの本質をみようとする詩人としての芸術的認知様式であるともいえる。それは、現実の中に「おのれをむなしくして沈め」、その混沌の中で「忍耐づよく待つ積極的な現実受容の姿勢」によって「深い「リアリティ」を放つ[110]」新しい世界を生み出す創作のありようである。詩人キーツは、「対象に同一化して、作者がそこに介在していない境地[111]」を創作におけるネガティブ・ケイパビリティとしたのである。

アンデルセンも賢治も同じような認知様式の中で〈児童文学ファンタジー〉の創作を行ったといえるが、アンデルセンがキリスト教的神観念を表象しようとしたのと同様に、賢治は仏教的な悟りの境地と重ね合わせて表象している。

霧が晴れたとき、諒安は自らが険しいところを渡ってきたことを認めるが、そのときその山刻にいちめん真っ白にマグノリアの花が咲いていることに気づくのである。このことによって諒安のいる世界が一転して幻想的なものに変わる。天使を思わせる子どもたちと同じ身なりをした大人が現れ、次のような会話が交わされる。

「ほんたうにこゝは平らですね。」諒安はうしろの方のうつくしい黄金の草の高原を見ながら云ひました。その人は笑ひました。

「えゝ、平らです、けれどもここの平らかさはけはしさに対する平らさです。ほんたうの平らさではありません。」

「さうです。それは私がけはしい山谷を渡ったから平らなのです。」

「ごらんなさい、そのけはしい山谷にいまいちめんにマグノリアが咲いています。」

「えゝ、ありがたう、ですからマグノリアの木は寂静です。あの花びらは天の山羊の乳よりしめやかです。あのかほりは覚者たちの尊い偈を人に送ります。」

「それはみんな善です。」

「誰の善ですか。」諒安はも一度その美しい黄金の高原とけはしい山谷の刻みの中のマグノリアとを見ながらたづねました。

「覚者の善です。」その人の影は紫いろで透明に草に落ちてゐました。

「さうです、そして又私どもの善です。覚者の善は絶対です。それはマグノリアの木にもあらはれ、けはしい峯のつめたい巌にもあらはれ、谷の暗い密林もこの河がずうっと流れて行って氾濫をするあたりの度々の革命や饑饉や疫病やみんな覚者の善です。けれどもこゝではマグノリアの木が覚者の善で又私どもの善です。」［九本272］

諒安は、険しい山谷にいちめんのマグノリアが咲いていることに気づいた後に、自分のいる世界が平らで美しい黄金の草原であることにもまた気づく。そこにマグノリアに象徴される、絶対的な覚者（悟った者、仏）の善があるが、それは厳しい現実にも自分たち自身にも現れるものであるというのである。

このやり取りは、妙法蓮華経分別功徳品《ふんべつくどく》第十七における、法華経を信じた者たちが得る功徳が語られる場面を彷彿とさせる。以下は法華経の本文である。


若《も》し善男子・善女人、我が寿命の長遠なるを説くを聞きて、深心に信解せば、則ち為《こ》れ仏、常に耆闍崛山《ぎじゃくせん》に在《いま》して、大菩薩、諸《もろもろ》の声聞衆の、圍繞《いにょう》せると共に説法するを見、又、此《こ》の娑婆世界、其《そ》の地瑠璃《るり》にして、坦然平正《たんねんびょうじょう》に、閻浮檀金《えんぶだんこん》、以て八道を界《さか》い、宝樹行列し、諸台楼観、皆悉く宝をもって成《じょう》じて、其《そ》の菩薩衆、咸《ことごと》く其《そ》の中に処せるを見ん[112]

これは、前チャプターである如来寿量品で明かされた仏の生命の永遠性を心から深く信じることで、いつでも仏を見ることができ、またこの世界を美しい世界と見ることができるというのである。藤井教公は、「通常の常識的理解では、眼前の入滅間近の釈迦牟尼仏が、実は、はるか久遠の昔から永遠の生命を保って現在に至り、なお未来にも生き続けるということは、不条理以外の何ものでもなく、到底理解不可能なこと」[113]であるとする。しかし、その不可能を超えて確信することによって「つねに仏が霊鷲山におられるのを見ることができ、この現実の娑婆世界があたかも地上のパラダイスであるかのように見ることができる」[114]のである。

信じることで目の前の現実が変わるということは、自らの心がこの世界を創り出しているということである。仏教においては、この世界を全て心の表れとみる「三界唯一心」[115]、すなわち、三界は唯心のであるとする考え方がある。すべてが自己の心の現れとなることは、逆に言えば、自分と他の一切との区別がなくなっている状態である。すなわち、自他一体の世界である。
しかもこの仏教的世界観は、人間や動物だけでなく、自然の事物、太陽や月明かりや植物などの風景まで拡大されていく壮大なものとなっている。それが賢治独特の世界を作り出し、童話の中で、山川草木悉皆《しっかい》成仏《じょうぶつ》の世界が顕現されているのである。

銀河宇宙まで拡大していく自己と宗教的宇宙観

「インドラの網」の中にもそうした自他一体の世界が描かれている。この物語には、意識のはっきりしない昏倒のまどろみのなかでみる夢のように、不思議で幻想的なヴィジョンが描かれている。
主人公の「私」は、大変疲れて草の中に倒れ込むが、その昏倒の中で自分のいる「そのツェラ高原の過冷却湖畔も天の銀河の一部」と感じ、空の空間に一人の天人が翔けているのを見ると「たうたうまぎれ込んだ、人の世界のツェラ高原の空間から天の空間へふっとまぎれこんだのだ」と胸を躍らせながら思う。

いつの間にかすっかり夜になってそらはまるですきとほってゐました。素敵に灼きをかけられてよく研かれた鋼鉄製の天の野原に銀河の水は音なく流れ、鋼玉の小砂利も光り岸の砂も一つぶづつ数へられたのです。……

私は又足もとの砂を見ましたらその砂粒の中にも黄いろや青や小さな火がちらちらまたゝいてゐるのでした。恐らくはそのツェラ高原の過冷却湖畔も天の銀河の一部と思はれました。［九本274〜275］

そこでは主人公は拡大されて天と一体化するとともに、足元の砂粒の中にもその天を見出だすのである。アンデルセンが、小さきものと同一化して神の愛を注ぐことは既に述べたが、ミクロの世界とマクロの世界は表裏一体で、自己の向かうベクトルが異なっているだけに過ぎない。いずれも自他の区別をなくす、すなわち己を空しくすることに他ならないのであり、特に賢治は、〈児童文学ファンタジー〉のミクロの世界の世界が自他の壁を取り払うことを感得し、それをマクロに拡大することを志向したといえる。そこに法華経的世界観、宇宙観の影響をみることができる。

この作品の原稿には砂粒の部分の用紙欄外に「この砂の／なかに／ちがった／宙宇／が」［九校135］と鉛筆で記入されていた。一粒の砂に世界、宇宙を賢治は見、そこへ自己を拡大していったのである。天の空間が、「私」のすぐ隣りにあるというのは、「私」が天の空間まで拡大されているともいえる。

「ごらん、そら、インドラの網を。」

私は空を見ました。いまはすっかり青ぞらに変ったその天頂から四方の青白い天末までいちめんはられたインドラのスペクトル製の網、その繊維は蜘蛛のより細く、その組織は菌糸より緻密に、透明清澄で黄金で又青く幾億互に交錯し光って顫えて燃えました。〔九本277〕

夢のような光景ではあるが、実に克明に夜明けの天空の様子を描いている。自己が天空へと拡大されることにより、心象中に起こったイメージがリアリティをもって浮かび上がっているといえる。斎藤文一は、この「インドラの網」について「現実と超現実が緊密に交錯し、象徴的な語法にあふれたもので、彼の言う〝異空間〟をえがいて一つの到達点とみられ、」「黎明時の空の描写としては、賢治文学の最高[116]」と絶賛している。

この天空への広がりはさらに拡大され、ついに地球を離れて銀河まで広がる。それは賢治の科学的知見と、法華経的な世界観が相俟った賜物であろう。法華経如来寿量品で、仏の寿命が遥か過去から永遠の未来まで続くものであることが明かされたことは既に述べたが、そのことは、「五百塵点劫[117]」と呼ばれるたとえを通して説明されている。

アンデルセン童話にも、近代科学の視点とキリスト教的な神の愛がみられたが、賢治童話の場合もこの法華経的宇宙観と近代科学的視点とが交じり合った発展がみられる。その集大成が「銀河鉄道の夜」である。

同じ法華経的宇宙観は、童話だけでなく、「農民芸術概論綱要[118]」にもみることができる。「農民芸術概論綱要」の中で賢治は、「新たな時代は世界が一つの意識になり生物となる方向にある／正しく強く生きるとは銀河系を自らの中に意識してこれに応じて行くことである」［十三上本9］と述べている。このような自己を銀河系まで拡大させようとする試みは、童話の世界で実現しているといってよいであろう。

法華経的な宇宙観と照らし合わせて賢治の童話を読むことが、その理解の重要な鍵となるとして、小倉豊文は次のように述べている。

「銀河系宇宙」は「三千大千世界」の、また「第四次元世界」は「久遠実成」の本仏の寂光土の、いずれもシノニムであったのであろう。……かく解することによって、牧歌的な童話「風の又三郎」も、夢幻的な童話「銀河鉄道の夜」も、はじめて理解の鍵が与えられるのではあるまいか。[119]

小倉は、一見牧歌的にみえたり、夢幻的にみえたりする童話にも、法華経的世界観がその礎にあって描かれていることを理解することの必要性を指摘している。それは、自然や銀河まで自己を拡大させていくという試みであり、その自然、銀河と自己を繋ぐものは「風」である。

銀河宇宙の世界は、星や月のような天体によって見ることができるが、「風」は見ることはできない。しかし、その銀河宇宙と地球をつなぐものは大気圏であり、その大気圏から吹いて来る「風」に賢治は未来への希望を感じていた。「生徒諸君に寄せる」の中で、「諸君はこの颯爽たる／諸君の未来圏から吹いて来る／透明な清潔な風を感じないのか」［四本300］と語りかけている。

2　透明な風が吹くイーハトーヴの世界

風が運んできた物語を語る

賢治にとって、風は透明な語り手であった。風を感じながら、自己という意識を縮小し、自分を無にして風と一体となることで、風が運んできたたくさんの物語を聞きとっている。

「氷河鼠の毛皮」の「このおはなしは、ずゐぶん北《きた》の方《ほう》の寒《さむ》いところからきれぎれに風《かぜ》に吹《ふ》きとばされて来《き》たのです」という書き出しや、「鹿踊りのはじまり」における「……ざあざあ吹《ふ》いてゐた風が、だんだん人《ひと》のことばにきこえ、やがてそれは、いま北上《きたかみ》の山《やま》の方《ほう》や、野原《のはら》に行《おこな》はれてゐた鹿踊《しゝおど》りの、ほんたうの精神《せいしん》を語《かた》りました」［十二本87］という表現には、物語が風に運ばれてやってきたものであることが示されている。

『注文の多い料理店』の序にも「きれいにすきとほつた風《かぜ》をたべ、桃《もゝ》いろのうつくしい朝《あさ》の日光《につくわう》をのむ」［十二本7］と表現されていたし、他にも「風とゆききし　雲からエネルギーをとれ」（「農民芸術概論綱要」［十三上本13］）、「風からも光る雲からも諸君にはあたらしい力が来る」[120]（「ポラーノの広場」校異［十一校154］）「風がうたひ雲が応じ波が鳴らすそのうたをたゞちにうたふスールダッタ」「そのときわたしは雲であり風であった」（「竜と詩人」［十二本304〜305］）などが挙げられる。

余り知られていない小編「いてふの実」は、アンデルセン童話「さやから飛び出した五つぶのえんどう豆」からかなり直接的な影響を受けている。アンデルセンがえんどう豆の視点から語ったのと同じように、いちょうの実の視点から物語を語っている。

「いてふの実」は、たくさんの実が、母木であるいちょうの木から旅立つ前の最後の夜の物語である。希望に胸を膨らませる実もあれば、母から離れることを怖がる実もある。夜明けとともに北風が強く吹くと、「さよなら、おっかさん」と言いながら、子どもたちは一斉に雨のように枝から飛び降りる。すると、子どもたちを旅立たせる役割を果たした北風が「笑《わら》って、「今年《ことし》もこれでまづさよならさよならって云《い》うわけだ。」と云ひながらつめたいガラスのマントをひらめかして向《むか》ふへ」［八本70］行くのである。

ガラスのマントの少年・風の又三郎

この北風のセリフからは、いちょうの実を落として旅立たせることが毎年の北風の仕事であることがわかる。また、「つめたいガラスのマント」のイメージは、童話「風の又三郎」の物語とも繋がっている。

風が重要な役割をはたす「風の又三郎」は、リアリスティックな作風のなかに、何重もの位相の異なるイメージが交錯しつつ混じり合い、均衡と調和が保たれている物語である。転校生の高田三郎に又三郎を見出だす嘉助とそれを否定する一郎、それに加えて当の三郎と大人である先生や他の村童たち、みんながそれぞれの世界を生き、かつそれぞれが織り成す世界が重なり合いながら同時に独立して存在し、多重化している世界である。

この物語の舞台となった種山ヶ原のことを賢治は——ほんたうの野原——という表現を用いているが、現実と空想が重なり合って多重化したイメージを喚起する場所だったことを表している。

北上山地のうちの一つで、水沢の西方約二十キロに位置する付近一体のなだらかな準平原が種山ヶ原である。実際に訪れてみるとわかるが、風光明媚で清々しい風の吹く高原である。

この場所は賢治にとって非常にインスピレーションを感じる場所であったらしく、一瞬そこが海のように感じられたことを詩にしたり、「種山ヶ原」という物語まで書いたりしている。この聖なる地、「ほんたうの野原」の重要なエレメントは風とひかりであった。この二つは、賢治の作品にとって欠かせない自然の事物であるが、風もひかりもそれ自体は目に見ることができない透明なものである。

賢治は、自然を感得するとき、しばしば「透明」という用語を使う。「透明」であるから、目には見えない。しかし、確かに存在しているものなのである。又三郎の透明なマントということも、異世界と実世界がまぎれもなく同時存在する一つの真実を物語るときに使われる表現である。

「ほんたう」と「透明」は相関している。岩手の大自然の中で己を空しくし、自然からの様々なイメージを受け取って創作した賢治は、透けるように重ね合わされた現実と空想のなかに「まこと」の世界を感じ取っていた。こうした創作のありようは、心象スケッチとしての詩作とも共通していたといえるだろう。

イーハトーヴの世界の創造主・賢治

現実と空想が何重にも重ね合わされて語られる世界の全体を賢治はイーハトーヴと呼んだ。

吉本隆明は、創作について興味深いことを指摘している。吉本は、「宮沢賢治の詩と童話をうごかした原動機は、想像力をつかってさめた現実と、眠りのなかの夢と、死のあとの他界とを、スムーズに手にとるようにつなげ、作品の空間や時間を大乗の宇宙大に拡げることにあった」[121]という。

つまり、想像力によって、現実と空想とをつなげた作品の空間と時間を、自身の信仰に照らし合わせ、宗教的な時空にまで拡大させたということである。それは先に述べた、常寂光土を信じることによる、現実世界の見え方の変容といえよう。すなわち、童話集『注文の多い料理店』の序の中で「またわたくしは、はたけや森《もり》の中《なか》で、ひどいぼろぼろのきものが、いちばんすばらしいびらうどや羅紗《らしゃ》や、宝石《はうせき》いりのきものに、かはつてゐるのをたびたび見《み》ました」と表現されているような変容である。

このようなイメージと現実の重ね合わせや生死の捉え方、時空の広がりは、当時の雑誌『赤い鳥』を中心とした童話群とは性質の異なるものであった。それは賢治の童話が、自身の法華経信仰に基礎づけられていたことが大きいといえる。

だが、一方で童話の創作がそうした宗教的な教義を超えさせる働きをしていたともいう。

> これはたとえば宮沢賢治を、日蓮宗から見れば、日蓮宗信者ということになるが、宮沢賢治自身は日蓮信仰とか法華経信仰とかでは当てはまらない部分があります。そういう当てはまらない部

分が宮沢賢治の文学のなかに流れているわけです。その流れていくものをつかまえて、もしそこに信仰が象徴されているとすれば、それは法華経や大乗仏教が述べている教義をはみ出したところで、なお宗教的なものがあると理解しないと、とても理解できないとおもいます。[122]

吉本は、賢治童話は法華経信仰への勧誘のため創作活動であったことを指摘しつつも、文学や芸術は、「それが伝えようとするモチーフと、伝わるモチーフと、伝わってしまったモチーフとは別々だというのが本質にあり」、「かならずしも書いた人のモチーフどおりに読者が受けとるかどうかは」[123]別であるため、宗教的な伝道とは異なる壁が存在するとする。文学は、「書く人があるモチーフで作品を書いたとしても、それを受けとる人は、それぞれの場所でそれぞれちがう受けとり方をする」[124]ことを許容するのである。

イーハトーヴと〈児童文学ファンタジー〉の世界

吉本は、信仰へ導こうとする作品と比較して、「賢治の作品ははるかにそういう領域を超えている」[125]という。一般的には、文学と信仰を融合[126]させたものとして賢治文学を解するときに、法華経は切っても切れないものであるとされる[127]が、そもそも文学は本質的に教化の役割を担い得ない。

そのため、「べつに人びとを信仰に引き入れるモチーフをもって書かれていようといまいと、これを読んだ人がうける芸術的感銘は、感銘として独立している」のである。だから、「もし感銘を通じてなにか受けとる無形のものがあるとすれば、それは宗教といえるかもしれない。そういったかたちでならば、宮沢賢治の文学は宗教的だといえる」[128]という。

つまり、賢治が自己を空しくして描いた童話の芸術的な感銘を通して、読者が受け取った無形のものが宗教的であるとみているのである。賢治と文学と信仰と読者とが多重化したところに宗教性をみているといえよう。

また、松田司郎は、「宮澤賢治が信仰の目的としたのは、浄福の幼年時代という〈過去〉へ退行することではなく、修羅のうごめく狭苦しい日常界という〈現代〉を越えて、まことの成熟をなしとげ、万人と愛を交換しあうことのできる異空間（神の国）という〈未来〉へたどりつくことであった」[129]と述べる。松田の述べる賢治の信仰の目的は、そのまま童話創作の目的と言い換えることができる。

ここで、なぜそうだったのか、という問いが立つわけだが、これまで述べてきたように、賢治は〈児童文学ファンタジー〉の世界を味得して創作していたことに留意する必要がある。賢治童話の中に散りばめられているものは、〈児童文学ファンタジー〉の諸作品に内在している星であり、星座のように連なっているものである。

また、〈児童文学ファンタジー〉の多重構造では、現実と空想とが重ね合わせられることで、一切の限界を超えた自由自在な想像が可能であったし、法華経の仏陀観や世界観とも合致していた。

そのうえで、賢治が、全体像をイーハトーヴとして捉え、表象したことは他の作家にはみられない稀有な視点であるので、詳細に検討してみよう。

イーハトーヴの世界で遊ぶ

イーハトーヴについて、詩人の谷川雁は、常寂光土に近い理解を示している。すなわち、イーハトーヴがア・プリオリなものであり、「なによりもまずそれが存在することが本人にとって愉快」なのであって、「そのたしかさの内部に住んでいるかぎり、彼は基盤の否定を必要としない」とする。そして賢治はイーハトーヴを知覚、命名、描写した者であるとみる。

谷川によれば、賢治はそこに生き、かつそこに人々を招じ入れたが、「この世の一部にイーハトヴを作ろうとしたとか、この世の全体をイーハトヴに変えようとしたとかいえば、微妙なずれが起きる」という。なぜならそれは、「父母実生以前にすでに存在した[130]」からであるというのだが、換言すれば「在る浄土」なのである。

イーハトーヴは、現実と全くはなれた理想郷ではなく、現実と密接に関係しあいながらも別の位相を保つ、重ね合わされた世界である。そしてそれは、主人公がA→B→A'というように、現実から幻想世界を経て新たな現実を構築していく、〈児童文学ファンタジー〉の夕星に連なることで普遍性を持った。

イーハトーヴを創造した賢治の直観を、谷川は賢治の「大いなる楽観」と呼ぶ。そしてそれは「私たちの常識に位置する科学や宗教を越える[131]」ものであるとする。

要するに、イーハトーヴの世界は既に存在しており、賢治自身はそれを見たり聞いたりして伝えているだけだということである。時空を超えた様々な世界が包含され、それ自体が一つの小宇宙をなす多元的な世界がただそこにあるだけなのである。

確かにはじめは、賢治も日蓮の教えに基づいて、当時の法華経信者がそうであったようにこの世の全てを浄仏国土に変えようと意図していたであろう。しかし、現実世界での実践活動における挫折は、いやおうなく、イーハトーヴを作るとか現実世界をイーハトーヴに変えるのは不可能であることを痛感させた。ところが、自らの憧れの幻想世界が重ね合わされたイーハトーヴの中では、それでもなお無限の可能性が開かれていた。〈児童文学ファンタジー〉の星や星座に連なる創作は、国柱会的な布教のあり方とは異なる法華経理解を賢治の中に培っていったといえるし、法華経信仰に基礎づけられていたからこそ、イーハトーヴという総体を知覚できたのである。

イーハトーヴの世界をただ愉しみ味わうという物語の読み方は、学校教育においても同じである。その際、〈児童文学ファンタジー〉の観点から読んでいくことが重要となる。

3　教科書の中の賢治童話

よくわからない世界を味わう物語

宮沢賢治の童話は、国語科の教科書教材として定番化している。作品の入れ替えはあったが、戦後すぐに教材化されて以降一度も途切れていない。近年は「注文の多い料理店」、「雪わたり」、「やまなし」が定番教材となっている。

「注文の多い料理店」は、小学校[132]だけでなく、中学校や高等学校においても教材化されたことのある珍しい作品である。さらに、生前出版された唯一の童話集の表題にもなっている物語で、作者の自信作であることが窺える。

あらすじを紹介しよう。都会からやってきた二人の若い紳士が、趣味としての狩猟をしていた際に、「案内《あんない》してきた専門《せんもん》の鉄砲《てっぽう》打《う》ち」もいなくなり、連れてきた犬も死んでしまうほどの山奥に入ってしまうところから物語は始まる。何やら不穏な空気を感じ取った二人は引き返そうとするものの、どうにもおなかが空いてしかたがなくなってしまう。

ちょうどその時、一軒の立派な西洋料理店が後ろにあることに気づき喜んで入っていくが、そこは料理を食べさせてくれる店ではなく、客を料理して食べてしまう店だったというブラックユーモアの効いた物語である。

最後に紳士たちはギリギリのところで救出されるので、生と死それ自体が主題として直接的に描かれているわけではない。しかしながら、そこには日頃私たちが全く無意識に行っている生と死が浮き彫りになっている。すなわち、「食う―食われる」の図式である。

「注文の多い料理店」の顛倒

人間は、食物連鎖の頂点に立っているといってもよく、私たちは自分が生きるために、日々たくさんの命を「食べ物」として当たり前のように頂いている。あまりにも当たり前のその営みに、多くの場合罪悪感を抱くことはない。もし、罪悪感から他のものの命を奪って食べることを止めてしまえば、その先には自らの命の「死」があるという、いわば生命のパラドックスがある以上、それは当然といえる。

一時期菜食主義であった賢治は、そうした「食べる」ということに関わる生命のパラドックスに敏感な感性を持っていたといえるだろう。人間が当たり前に思っている「食う―食われる」の構図を、カリカチュアライズされた紳士の滑稽さや不穏な空気感漂うスリルを味わわせながら、顚倒させた賢治の筆致は鮮やかで、登場人物を通して読者も気づかされる仕掛けは、実に見事で痛快である。

この物語には、当時の宣伝用のチラシに載せられた作者自身による「糧に乏しい村のこどもらが都会文明と放恣な階級とに対する止むに止まれない反感です」［十二校12］という解説がある。生前に出版された本作のような作者の意図を知ることができる作品は貴重である。したがって、国語科の授業の中で教材として学習する場合には、その意図を踏まえた読みが行われることも少なくない。

ところが、授業においては、教師の意図に反して子どもたちは紳士に反感を抱くよりも、むしろ紳士の立場に立って読むことが多いという報告もある。[133] それは子どもたちといえども、紳士と同じように食べる側であることと無関係ではないだろう。紳士を通して、現代を生きる私たちの誰もがその命を無数の死の上に成り立たせていることに無頓着であったことに気づかされる。

つまり、「食べる」という、生きるための必然的な行為が内包する「死」を通して、今生きている自分の命が多くの命によって成り立っていること思い出させてくれるのである。

入れ子構造の顛倒の仕掛け

このように読者も物語世界に取り込まれるのは、〈児童文学ファンタジー〉の入れ子構造の特徴である。物語中の現実が幻想世界によって崩されるとき、読者の現実も知らず知らずのうちに巻き込まれていくのである。

その構造を具体的にみていこう。一般にファンタジーとされる作品には、現実から始まって空想（幻想）世界に入り、再び現実に戻るという枠物語としての基本構造を持っている。本作でいうと、紳士は狩りに出かけて山奥に入ったという現実から、料理店が現出し、あわや山猫の食事にされそうになる世界が幻想であり、最後助けられて元に戻るという構造になっている。

ここで問題となるのは、どこから幻想世界に入りどこから現実に戻ったか、という点である。実際、教室など大勢で読んだ際に尋ねてみると、入口と出口が実ははっきりとしておらず、読み手によって受け取り方は様々で、正解を決めることはできないことがわかる。

例えば、「風《かぜ》がどうと吹《ふ》いてきて、草《くさ》はざわざわ、木《き》の葉《は》はかさかさ、木《き》はごとんごとんと鳴《な》りました」という表現は初めの方と終わりの方にあり、その間に山猫の料理店が登場することから、一見するとそれが世界の変容の合図のようでもある。

しかしながら、丁寧に読んでいくと辻褄が合わない部分が生じるのである。この表現の前に泡を吐いて死んでしまった二匹の犬は生き返っているし、何より「紙《かみ》くづのやうになつた二人《ふた[り]》の顔《かほ》」は最後まで元に戻らないのである。

このように明確な入口と出口がないことから、紳士たちは無事に抜け出すことができてほっとしたのもつかの間で、未だ幻想世界から出ていないと受け取ることも不可能ではない。現実だと思っていたものが実は幻想であったというような、その境界が何重にもなった〈児童文学ファンタジー〉の多重構造とも考えられるのである。

さらにそこに紳士だけでなく、読者である私たちも知らぬ間に取り込まれているならば、実に巧妙に仕掛けられた多重構造であるといえる。その場合、先程の広告文の文言もまた、より多重化させる一つの枠を作っていることになる。

現実世界に原理・原則があるように、空想世界にも現実とは異なる独自の法則があり、それぞれ均衡が保たれている。紳士（あるいは読者）にとってはおかしなことでも、空想の世界では「人間が食べられる」のはあり得ることなのである。

要するに、「食う―食われる」の生命のパラドックスのように普段無意識であるものが顛倒されるのと同様に、現実と空想という近代社会のなかで当たり前に作られた境界も意味をなさなくなるということである。読者も物語の多重化した入れ子の一つとなるとき、たった一つの至高の現実という固定観念から解放される。そうした自由を味わうこともイーハトーヴの妙味であるといえよう。

異類とも心を通わせられるイーハトーヴの世界

国語科教科書第五学年の教材となっている「雪わたり」も、そうした固定観念に向き合う物語である。これまで述べたような〈児童文学ファンタジー〉における自然との自他一体感や世界への信頼として読むとき、狐の紺三郎と四郎とかん子の種《しゅ》を超えた交歓が、より一層味わい深くなるだろう。狐たちは、自分たちが人間にとって他者としての異類であることは承知しているし、子どもたちの方にも無条件に信頼することに逡巡がある。

可愛《かあい》らしい狐《きつね》の女《をんな》の子《こ》が黍団子《きびだんご》をのせたお皿《さら》を二《ふた》つ持《も》って来《き》ました。

四郎《しらう》はすつかり弱《よわ》つてしまいました。なぜつてたつた今太右衛門《いまたえもん》と清作《せいさく》との悪《わる》いものを知《し》らないで喰《た》べたのを見《み》てゐるのですから。

それに狐《きつね》の学校生徒《がくかうせいと》がみんなこつちを向《む》いて「食《く》ふだらうか。ね。食《く》ふだらうか。」なんてひそひそ話《はな》し合《あ》つてゐるのです。かん子《こ》ははづかしくてお皿《さら》を手《て》に持つたまゝまつ赤《か》になつてしまいました。すると四郎《しらう》が決心《けつしん》して云《い》ひました。

「ね。喰《た》べやう。お喰《た》べよ。僕《ぼく》は紺三郎《こんさぶらう》さんが僕《ぼく》らを欺《だま》すなんて思《おも》はないよ。」そして二人《ふたり》は黍《きび》団子《だんご》をみんな喰《た》べました。そのおいしいことは頬《ほ》つぺたも落《お》ちさうです。狐《きつね》の学校生徒《がくかうせいと》はもうあんまり悦《よろこ》んでみんな踊《をど》りあがつてしまいました。［十二本110］

「マッチ売りの少女」がマッチを擦って幻想世界が立ち上がったのと同様に、ここでは人間と狐の世界とが擦り合って人間だけの世界とも狐だけの世界とも異なる、両者が重ね合わされた第三の世界が立ち上がっている。

このように、本来交わらないはずの異質なもの同士が擦りあって火花が生じる瞬間が優れた物語にはみられるのである。それは四郎とかん子が勇気を持って、自分たち自身と他者を含むこの世界とを信頼したことで生じたものに他ならない。

子どもたちに向けた明るい未来予見

だからこそ、この人間の子どもの信頼、友情に対して、狐は心から喜び、次のように言うのである。

「……今夜《こんや》みなさんは深《ふか》く心《こゝろ》に留《と》めなければならないことがあります。それは狐《きつね》のこしらえたものを賢《かしこ》いすこしも酔《よ》はない人間《にんげん》のお子《こ》さんが喰《た》べて下《くだ》すつたといふ事《こと》です。そこでみなさんはこれからも、大人《おとな》になつてもうそをつかず人《ひと》をそねまず私共狐《わたくしどもきつね》の今迄《いままで》の悪《わる》い評判《ひやうばん》をすつかり無《な》くしてしまふだらうと思《おも》ひます。閉会《へいくわい》の辞《じ》です。」狐《きつね》の生徒《せいと》はみんな感動《かんどう》してワーッと立《た》ちあがりました。そしてみんなキラキラキラキラ涙《なみだ》をこぼしたのです。［十二本112］

この場面は、本来は種の異なる、狐と子どもが相手を信頼することによって心を通じ合わせ、一体感を感じているのであり、これまで述べてきた、他者愛や自他一体という〈児童文学ファンタジー〉の特性がよく表れている。他にも、紺三郎が「みなさんはこれからも、大人《おとな》になつてもうそをつかず人《ひと》をそねまず私共《わたくしども》狐《きつね》の今迄《いままで》の悪《わる》い評判《ひやうばん》をすつかり無《な》くしてしまふだらう」と高らかに宣言している点も同様である。これは、子どもと子狐双方の未来に対する明るい予見であり、世界に対する信頼である。したがって、「雪わたり」は〈児童文学ファンタジー〉の核としての星々が多数内在しているといえよう。

また、賢治は、先に挙げた「生徒諸君に寄せる」の中でも未来への信頼を生徒たちに語り掛けていることから、明るい未来予見の連なる星座もみることもできる。その星座は、子どもたちが担う、来るべき未来を明るいものとして希望を託すものである。

この童話が小学校五年生の教材であるということは意義深い。なぜなら、小学校高学年ともなれば、この一連の狐とのやり取りに疑いをもつリアリティが子どもたちにも現れてくるからである。したがって、物語に浸って楽しむのが困難な児童も、当然ながらクラスの中にいることになる。一方で、まだまだ幻想の世界に一体化して浸り込んでしまう児童も少なからずいる。

こうした両者に、狐の幻灯会で観た幻灯と、物語の現実の登場人物と、それを読む自分たちという入れ子構造の理解が形成されることは、読む力を深めるうえで重要である。さらに違いを踏まえた対話的学びを通して、ものの見方、考え方が豊かになっていくことが期待できる。

多重構造の中では、本当にだんごだったとか、実は騙されていたとか、そうした結論を性急には出すことはできない。しかしそのことが、空想の世界の楽しさを味わいながら、現実における古くからの狐に対する固定観念にもしばられないバランス力を養うのである。

「やまなし」の不思議な世界をそのまま味わう

小学校六年生の教材となっている「やまなし」も同様である。「やまなし」は、摩訶不思議なオノマトペや、起承転結とは異なる構成、題名や登場人物のわかりにくさなどから、教師からは難解で教えにくいとの声が聞かれることも少なくない。

そうしたなかで、「やまなし」が教材として定着しているのは、「クラムボン」は何なのか、「イサド」とはどこなのか、たくさんの謎が謎のまま、わけがわからないながらもその世界を楽しむ豊かな想像力を子どもたちに発揮させるものがあるからではないだろうか。

それは〈児童文学ファンタジー〉の力でもあり、子どもたちに本来的に備わっている力でもある。特に「やまなし」においては、死生観において、その力が発揮されていることは注目に値する。

答えを出そうとするよりも、向き合うこと自体に意味があるという視点で「やまなし」の中に描かれる生と死をみてみよう。賢治の童話では、多くが生と死を表裏一体のものとしていることは既に述べたが、この「やまなし」も命の循環、背反するものの再統合をみることができる。

「小《ちひ》さな谷川《たにかは》の底《そこ》を写《うつ》した二枚《まい》の青《あを》い幻燈《げんとう》です」との語りで始まる謎の多い物語であるが、最大の謎であり、読者を惹きつけてやまないのは「クラムボン」であろう。

『クラムボンはわらつたよ〔。』〕
『クラムボンはかぷかぷわらつたよ。』
『クラム〔ボ〕ンは跳《はね》てわらつたよ。』
『クラムボンはかぷかぷわらつたよ。』〔十二本125〕

冒頭の二匹の蟹の子どもたちの会話に登場しているものの、いったい何者なのかはっきりとはわからない。しかし、オノマトペの響きや笑っていることから、どことなく楽しい感じがすることは確かである。

ごっこ遊びとしてのクラムボン

ところが、一匹の魚が蟹たちの上を通ると雰囲気は一変する。

『クラムボンは死《し》んだよ。』
『クラムボンは殺《ころ》されたよ。』
『クラムボンは死《し》んでしまつたよ………。』
『殺《ころ》されたよ。』

『それならなぜ殺《ころ》された。』〔十二本126〕

このようにクラムボンは「かぷかぷわらつた」り、「死《し》んだ」りする不思議な存在である。しかも、殺されて死んだはずのクラムボンは、再び会話を通して登場する。

『クラムボンはわらつたよ。』
『わらつた。』〔十二本126〕

このクラムボンの不思議な死と同時に、五月の幻灯の中では、物語中の現実の死も描き出される。おそらく餌を取り、蟹に「悪《わる》いことをしてる」と表現された魚が、今度は食物連鎖上位のカワセミに食べられるという死である。お父さんの蟹は、子蟹たちに魚は怖いところへ行ったと教えている。ここでは、蟹の子どもらにとって二つの位相が異なる死が経験されていることになる。蟹にとっての現実である魚の死は「怖い死」であるが、一度死んでもすぐに復活できるクラムボンの死は「少しも怖くない死」である。

では、たとえ殺されたとしても怖くない死とは何であろうか。それは遊びのなかの死であり、特に現実と空想が重ね合わされた、ごっこ遊びのなかの死である。子どもたちはごっこ遊びにおいては、その死をむしろ楽しむことができる。なぜなら、死んだけれども本当には死んでいない二重写しの世界が立ち上がるからである。だとすれば、笑ったり、跳ねたり、死んだり、殺されたりするクラムボンは、川底に住む蟹の子どもたちのごっこ遊びのなかで作られた「空想の遊び友達[134]」だといえるのではないだろうか。空想の遊び友達は、「想像上の仲間」とも呼ばれる、子どもの発達過程における心理現象の一つである。

したがって、幻灯として描かれるこの物語は、一番内側にクラムボンが笑ったり死んだりする蟹たちのごっこ遊び世界があり、その外側に蟹の現実としての魚の死や、やまなしを通した喜びがあり、さらにそれらが映し出されている幻灯の世界があり、それを読んでいる読者という何重にも重ね合わされた奥行きがある、多重化した入れ子構造となっているのである。

蟹の視点からみる生と死

クラムボンが物語中のごっこ遊びだとすれば、それは蟹たちにとっての想像の世界である。想像の世界だとしても、ごっこ遊びは現実と全く無関係に成立しているわけではない。位相が異なるが、現実から映し出されたリアリティも存在する。しかし、多重化された空想の中での死は、二重写しとなるため再生が可能である。多重構造は、これまで述べてきたように、生命の永遠性への信頼と結びついているからである。だからこそ、物語中の現実であるカワセミに食べられた魚は生き返らないが、ごっこ遊びのなかのクラムボンは殺されても再び生き返って笑うのである。

物語中の現実の死と空想世界の死が区別されていることは重要で、避けることのできない死を生命の永遠性への信頼とともに受け入れることが可能となる。蟹たちが二つの死を経験するように、読者にとってもさらに多重化した死が経験されることになり、何重にも奥行きができるからである。

　このように多重化した物語の中では、自分の生きている現実とは異なる位相で死を経験することが可能であり、多少の恐怖は感じながらも表裏一体のものとして「生」と「死」を味わうことができる。死を見つめることは、生を見つめることなのである。

　最初の幻灯である「五月《ぐわつ》」は直接的な関連性として、食べられた魚の「死」と食べたカワセミの「生」が描き出され、次の幻灯である「十二月《ぐわつ》」は、象徴的に「死」を迎えて川に落ちたやまなしとそれを通して豊かに展開される川底の蟹たちの「生」が描き出されている。「五月《ぐわつ》」と「十二月《ぐわつ》」のいずれにも表裏一体となった生と死が、川底の蟹の子どもの視点を通して浮かび上がってくるのである。

　興味深いのは、生と死が蟹にとってのリアリティをもつ現実と幻想性のある空想の中で反転していることである。クラムボンがそうであるように、蟹の世界においても、生と死が繰り返し反転しながら、その都度新たにバランスが取り直され、再び均衡が保たれ、調和が蘇っている。

現実と空想の均衡を保つ想像力

　物語の中では、蟹の世界は蟹の世界としての現実と空想の均衡が保たれている。それがカワセミややまなしによって一旦崩されるものの、再びそれらを含んだ形で新たな均衡が保たれ、調和が生まれているのである。さらに、同じような現実と空想の均衡の再構築は蟹の視点に立つことで読者にも経験される。

　均衡を崩す何かがそこに入っていくことで、それまで保たれていた現実と空想の均衡に一旦風穴があき、再び新たな均衡と調和が構築されるのと同様に、読者もまた目の前の物語を通して、新たな現実が再構築されていくのである。

　「やまなし」についてまとめよう。序章で述べたように、やまなしが落ちた川面の一枚のイメージから、夏と冬という季節の全体、川底と地上（空中）という世界の全体が映し出されているわけであるから、生と死が反転しながら表裏一体となった、不思議で豊かな想像世界を存分に楽しみ、カメラワークのように自由に視点を移動しながら、ときには蟹になったり、人間に戻ったり、その世界で遊ぶだけでいいのである。自由に視点を移動しても目が回らないためには、バランスを保つことが必要であるが、その調整の経験は想像力を育てる。

　難解だと感じるのは、そこにいわゆる「意味」を見出だそうとしてしまうからではないだろうか。子どもたちも難しいと感じていないわけではない。しかし、少なくとも子どものなかにはそのわけのわからないもの、幻想的な世界を面白いと感じる子たちがいて、それを教室内で共有することは可能である。そのことが可能となったとき、一人で読む読書とは異なる、教室で読むことの醍醐味が味わえるはずである。

「なめとこ山の熊」の死生観

次に、高等学校の国語科の教材となっている「なめとこ山の熊」をみてみよう。「なめとこ山の熊」には、これまで述べた生と表裏一体の死、自然の生態系の中の死がさらに何層にも重なり合って含み込まれている。

生活のために淵沢小十郎は熊を殺してその胆を売ることを生業としている。生きるためにしかたなく、そうした殺生を行わざるを得ない悲しみが、殺した熊にかける小十郎の言葉から伝わってくる。

「熊。おれはてまへを憎くて殺したのでねえんだぞ。おれも商売ならてめへも射たなけぁならねえ。ほかの罪のねえ仕事していんだが畑はなし木はお上のものにきまったし里へ出ても誰も相手にしねえ。仕方なしに猟師なんぞしるんだ。てめえも熊に生れたが因果ならおれもこんな商売が因果だ。やい。この次には熊なんぞに生れなよ」[十本265〜266]

いつしか熊の言葉もわかるようになった小十郎は、熊に対して親しみさえ覚えているようである。また、熊から何のために自分を殺すのだと問われたときには、次のように答える。

「あゝ、おれはお前の毛皮と、胆のほかにはなんにもいらない。それも町へ持って行ってひどく高く売れると云ふのではないしほんたうに気の毒だけれどもやっぱり仕方ない。けれどもお前に今ごろそんなことを云はれるともうおれなどは何か栗かしだのみでも食ってゐてそれで死ぬなら

おれも死んでもいゝやうな気がするよ」［十本 269］

この言葉には、自分が生きるためであったとしても他者の死を悼む小十郎の苦悩と葛藤、そしてどうすることもできない悲しみが感じられる。この点は、戦争という状況下のために敵の山烏を殺さねばならなかった烏の大尉と同様である。

自然との交歓の中の生と死

あるとき小十郎に逃がしてもらった熊は二年後、約束通りその体を差し出す。遺体を拝む小十郎と熊の間には互いの命を尊ぶ交感がみられる。それは、個々の関係性ではなく熊という種全体と小十郎との魂の交感である。

なぜなら、最終的に別の熊を撃とうとして命を落とす小十郎に対して、その熊が「おゝ小十郎おまへを殺すつもりはなかった」といい、小十郎もまた臨終の際に「熊ども、ゆるせよ」と謝るからである。

これらの物語は、他の教科のようにこれが答えだ、ということを扱っているわけではない。また、徳目がはっきりしている道徳とも異なり、何が正しいかはわからないままである。だが、自由に視点を移動しながら、他者となったり、人間以外のものとなったり、あるいは全体を見通したりするバランス力は想像力を豊かにすると同時に、世界のサムネイルを学ぶことでもある。

学校教育の中で現実には起こり得ない種を超えた交歓や交感を味わったり、生と死のように簡単に答えを出せない事柄に向き合ったりすることは文学教育だからこそ可能となる貴重な機会であるといえる。作者であった賢治も、自分の書いた物語と読者にすべてを委ねていたことは、先に取り上げた童話集『注文の多い料理店』の序からも明らかである。

賢治は序文で、「これらのなかには、あなたのためになるところもあるでせうし、ただそれつきりのところもあるでせうが、わたくしには、そのみわけがよくつきません。なんのことだか、わけのわからないところもあるでせうが、そんなところは、わたくしにもまた、わけがわからないのです」[十二本7]と述べているが、すべての作品に通底している姿勢である。したがって、教室で読むうえで、殊更強く賢治の現実の活動や思想に引きつける必要はない。

〈児童文学ファンタジー〉は、固定された善悪、正しさよりも、顛倒を好む。しかし、その根底には確固とした愛と信頼があり、存在の尊さや生命の永遠性への信頼が描き出されている。そうした星々が連なって星座を作り、夜空を彩る星図となっている。星の一つ一つを取り上げるのではなく、星座が織りなす物語を愉しみ、夜空の美しさに感嘆するように、文学的・芸術的感銘としてただ味わえばいいのである。

自らの物語を通して子ども時代にまかれた種が、成長過程の中で自由かつ個性豊かに育ち、一人ひとりの人生のそれぞれ相応しいときに開花していくことを、童話作家・賢治は信頼していたといえる。その時、その場ですぐに答えが出せない問題に向き合う力は、物語を読むことを通して養われる。学校教育の中でそうした賢治の願いは継承されているといえよう。

第三章　〈児童文学ファンタジー〉として読む『銀河鉄道の夜』

1　童話「銀河鉄道の夜」の創作・改稿と宗教活動の関連性

童話作家・宮沢賢治

宮沢賢治は、なぜ小説ではなく童話を書いたのであろうか。賢治が同じ散文の中でも、当時の近代文学の主流であった小説を選ばずに童話という子ども向けの物語を選んだかという、文学ジャンルについての考察はほとんどなされてこなかった。

取り上げられたとしても、その重要性の指摘に留まっていたり、大正という時代性のなかでのみ語られたりするなど、問題の核心に迫るような議論の深まりはみられないものであった。

しかしながら、「銀河鉄道の夜」を理解していくためには、童話、すなわち児童文学であることと宗教的世界観が表象されていることの両面から光を当てて、作品を検討していく必要がある。その際、〈児童文学ファンタジー〉という観点は有効である。

特に「銀河鉄道の夜」は思想的集大成ともいわれ、亡くなる直前まで手入れ・改稿したとされる賢治にとってライフワークのような童話作品であるが、従来の児童文学研究においては、その宗教思想については敬遠されてきた。谷本誠剛は、本作を「優れた幻想のファンタジーであることは異論のないところ」としながらも、「児童文学のファンタジーという視点からすると問題をはらむもの[135]」としている。物語のすじと離れた宗教的世界観について深く考察することは、「児童文学の範疇を越えたところにある」[136]からである。

そのことは、近代における「子ども」の概念が宗教と距離を置くものであるとされたことや、明治期に外国の児童文学がいっぺんに輸入されたことなどに起因している。したがって、こうした問題点は、「銀河鉄道の夜」もまた〈児童文学ファンタジー〉の要素を持ち、〈児童文学ファンタジー〉を構成するものの一つであると捉えることで解消される。「子ども」と「文学」の領域を超えて、現実と空想が多重構造をもつからである。

〈児童文学ファンタジー〉を味得した賢治

〈児童文学ファンタジー〉を確立したアンデルセン童話は、デンマークの民衆的な信仰の世界とキリスト教的宗教観の双方が矛盾なく内包された別世界を構築した。そこは古くから宗教の中で語られてきた、人間の想像力による生死を超えた世界と親和性が高く、〈児童文学ファンタジー〉の星図の北極星となる死と生の探求がみられた。

アンデルセンをはじめとする西欧の児童文学を読んでいた賢治は、〈児童文学ファンタジー〉における現実と空想の多重構造の中で遊んだ原体験を持っていた。「法華文学ノ創作」を意図[137]した際に童話という領域を選択したのは、〈児童文学ファンタジー〉のもつ死と生の探究の志向性、あるいは愛に基づいた信頼や献身、顛倒の面白さなどの要素に加え、多重構造を感得していたからであろう。

また、賢治が法華経信仰の一つの現れとして童話創作に取り組んだことからも両者の親和性が高いことを感じとっていたことが伺える。賢治の場合、それらが法華経的世界観に裏打ちされていたことで、銀河宇宙に繰り広げられる壮大なイメージ世界の冒険が可能となったのである。

「銀河鉄道の夜」を〈児童文学ファンタジー〉の総体を構成する重要な作品として位置付け、改めて〈児童文学ファンタジー〉の星や星座に連ねながら考察することは、「銀河鉄道の夜」という作品を深く理解することに繋がると同時に、〈児童文学ファンタジー〉の総体としての星図をより一層明らかにしていくものと考える。

「銀河鉄道の夜」の度重なる改稿の問題

ここで、「銀河鉄道の夜」の研究史をみてみよう。賢治は、その短い生涯を文学者としてだけでなく、宗教者としても生きようとしており、両者は不可分であった。特に「銀河鉄道の夜」にはそれが顕著に表れている。

約十年もの間、最晩年まで手入れをしたとされる「銀河鉄道の夜」は、賢治の代表作でありながら生前未発表の作品である。日本児童文学史上希有な、深い宗教性を伴ったこの物語は、未定稿にもかかわらず最高傑作とされるという矛盾を孕んでおり、多くの問題を生じさせた。

最大の問題は、校本全集の編纂によって明らかになった改稿の問題である。一九七四年に『校本宮沢賢治全集』（第九巻・第十巻）が刊行されるまでは、本文にさえしばしば揺れが見られた。[138]

初稿はおそらく一九二四、五年頃に一応の完結をみていたようである。その後賢治は大きく分けて三度の手入れ・改稿を行ったことが明らかになった。一九三一年頃成立したとされる原稿を「最終形」、それ以前のものは「初期形」として示され、これまでの全集や文庫にみられた混乱が整理された。

さらに、一九九六年から二〇〇九年まで刊行された『【新】校本宮澤賢治全集』では、初期形の細分化が進み、校本で初期形とされたものは「初期形三」と改められた。さらに鉛筆書きによるものが「初期形一」、青インクによる一部清書が「初期形二」として活字化された。したがって、初期形、最終形合わせて四パターンの「銀河鉄道の夜」があることになる。このような経緯があるため、「銀河鉄道の夜」は様々な解釈を生み、多くの研究論文があり、改稿の問題は主要な研究テーマとなっている。

本書では、この四段階の改稿の過程を重要視している。そのため、以下では初期形一を第1次稿、初期形二を第2次稿、初期形三を第3次稿、最終形を第4次稿と年代順の数字で表記する。ただし、初期形とだけ表記するときには三つの稿をすべて含むものとし、それと対照する場合には第4次稿をさすものとして最終形の語を用いる。

初期形と最終形の相違点

四つの稿が三つの初期形と一つの最終形に分けられるのは、第4次稿が他の三つと大きく異なっているからである。最終形では、全体が幻想的な雰囲気をもつ初期形の本文の前後に現実世界を描写する三つの章が付け加えられ、初期形で重要な役割を果たしていた登場人物であるブルカニロ博士や黒い帽子の人などが削除されたのである。

現実世界を描写する前後の三章の追加とブルカニロ博士その他を通して語られる法華経思想の部分の削除は、それぞれ物語の構造と主題に大きな変化をもたらした。そのため、物議を醸しているのである。

まず、前後の章の追加による物語の構造の変化について述べよう。構造の変化はおおむね肯定的に捉えられている。空想世界を中心に語られた初期形と異なり、最終形では現実の部分が加わり〈児童文学ファンタジー〉の形式が整えられたということができるからである。

祭りの晩という非日常に近いところから始まり、ラストでも銀河鉄道の中で持っていた切符に包まれた金貨がいつのまにかポケットに入っているなど、初期形は現実との境界があいまいであった。現実と空想世界が完全に切り離されていないさまは、一次元[139]的であるといえる。

一方、最終形はジョバンニの現実の日常生活の様子から始まり、銀河鉄道の幻想的な旅を経て、現実のカムパネルラの水難事故による死を知ることによって終わる。

つまり、現実が幻想をきっちり縁取り、現実から非現実世界へ、そしてまた現実に戻るという〈児童文学ファンタジー〉に特徴的な枠物語の物語構造とその往還が形作られたことで、ファンタジー作品としての完成度が高まったのである。この点については多くの研究者が改善と捉え、評価している。[140]

次に、主題の変化をみてみよう。最終形では、従来賢治自身の信仰の根幹を語る箇所として重視されていたところがほとんど削除された。

例えば、ジョバンニにさまざまな考えを伝える「セロのやうな声」、ブルカニロ博士という名の不思議な導き手の教示や夢から覚めた後の励ましとそれに答えるジョバンニの「みんなのほんたうのさいはいをさがしに行く」［十本26］という決意表明、第2次稿に登場する「黒い大きな帽子をかぶった青白い顔の瘠せた大人」［十本174］による世界や歴史の見方、人間の生き方について法華経思想を映し出した演説などである。

その他、物語の重要なモチーフであるジョバンニの「どこまでだって行ける」［十本24］切符も、鉄道を降りた後まで残るものではなくなっている。

賛否を巻き起こした改稿の削除

この点については賛否両論ある。初期形に特徴的であったセロのような声やブルカニロ博士などの導き手は、物語中に自らの思想を盛り込もうとした賢治の重要な代弁者であった。ところが彼らを通して宗教的世界観を語ったり、生き方を指南したりする箇所は最終形において二重線が引かれたのである。

賢治作品を高く評価する場合、多くは、「農民芸術概論綱要」に書かれているような高邁な思想や法華経的世界観の表出による。物語の構造に不十分さがみられたとしても、初期形にこそ「銀河鉄道の夜」の醍醐味があり、賢治の宗教的世界が表れているとする意見も少なくない。

そのため、この作品における宗教性や法華経思想を考察する際には最終形だけでなく、しばしば初期形も合わせて引用されている。[141] 思想性を重視する場合、直接的な宗教的思想性という大事な部分が削除された最終形は賢治作品としてのよさが半減していると受け止められる。
「ジョバンニはこの旅によって「成長」せずとも、これからは町の中でしっかりと自分の居場所を確保できるのだ。それは父親とは無関係に新しい歩みを始めるであろう初期形のジョバンニとは大きくへだたっている。こうして後期形「銀河鉄道の夜」は、孤独な少年のみた夢の物語として一応完成された」と文学的には評価されながらも、「しかし、それは同時に、作者がジョバンニに託そうとした「熱い夢」の死をも意味していた」[142]と宗教的な理想の挫折が惜しまれてもいる。

このような読みは、本来虚構である物語を実生活の賢治の宗教的挫折と照応させるものになる。賢治が初期形執筆から最終形への改稿までの間に味わった、宗教的実践活動の大きな挫折が想起されているからである。

確かに賢治が「法華文学ノ創作」を意図していたことや、最も精力的に法華経的実践活動を行っていたのは初期形が書かれたとみられる時期と重なっていたことに鑑みれば、そのような受け止め方もできるであろう。改稿を行ったと推定される一九三一年頃以降賢治の信仰観に大きな転機が訪れたことはよく知られているし、また作品の変容からみても明らかである。

こうした変化は、追加と削除の双方にいえることである。賢治の現実世界における宗教的実践の挫折は、空想世界における宗教的心情にも影を落とすこととなり、物語中の法華経的教義や世界観が削られたとすることもできなくはない。

創作活動と宗教活動の相関関係の特異性

賢治が高邁な理想に向かって現実的な実践を行おうとしたことは、宗教的活動家として評価される部分でもある。実践と創作を結びつけた場合、初期形は特に直接的な法華経思想の流布に寄与する可能性があり、宗教的教訓物語として読むならば成功しているといえる。

だが、島薗進は、賢治が宗教的実践家の牧口常三郎や谷口雅春とは異なる特異な宗教活動を行ったことを指摘する。島薗は、「社会のあり方に、批判的な見方をとり続けた」賢治が、「その不公平を批判することに意義を見いだしたのではない」ことから、「社会主義的な進歩普遍主義とは立場を異にしている[143]」という。

そのような差別的社会の中で、人々が他者を押しのけて上位に上がろうとしたり、高慢になったり、卑屈になったり、他者を恨んだり出し抜いたりして、他者や自己の人間性をおとしめてしまうようなあり方に注目し、作品に描き出し、そうしたあり方からの解放を展望しようとした[144]。

賢治は、他の二人のように「宗教的実践や宗教集団への所属を、他の人たちに広めること」ではなく、東北の貧しい農民たちが苦しむような社会に憤りを感じ、改善することに「宗教的解放の道を模索」していたとしている。

さらに、島薗は、賢治のこのような宗教観を考察するうえで、童話の創作が重要な役割を果たしていることに注目している。

そのかわりに彼が心血を注いで行おうとしたのは、芸術作品を通して宗教的なビジョンや解放への道を示唆すること、覚醒や解放への願いとそれらを目指すような生き方についての信念を、美的な喜びとともに人々と分けもとうとすることだった。彼は自らの詩や童話、とりわけ後者にそのような力があると信じ、作品を書き続けるとともに、農民芸術の理念にひかれ、農民に芸術を広める農民芸術学校を自ら開きもした。賢治の童話作品には、賢治なりに理解された仏教的な倫理が描かれている。[145]

島薗の指摘するように、童話の創作が同時代の他の宗教思想家とは異なる独自の宗教観の形成に大きく関与していたのは、賢治がこれまで述べてきたような〈児童文学ファンタジー〉の多重構造を感得し、創作と信仰の双方に相関させていたからである。

したがって、賢治が生きた現実と想像によって作られた作品は、薄ぼんやりとおぼろげな重なり合いはあるものの、即応するものではない。初期形に顕著であった宗教的教示の表象が削除されたからといって、最終形を直ちに宗教性の喪失とみることはできないのである。

そこで、本書では、改稿の課程も含めた多重構造をもつ〈児童文学ファンタジー〉として「銀河鉄道の夜」を読んでいくことを試みる。したがって、数多ある「銀河鉄道の夜」の研究考察とはアプローチの仕方それ自体が大きく異なっている。本来、先行研究を踏まえることは欠かせないものだが、〈児童文学ファンタジー〉という概念自体の独自性が高いことから、引用を行うことでむしろ複雑化して混乱してしまうことを避けるため、今回は童話の本文を中心に考察を進めていくものとする。

第1次稿から第3次稿までの創作のありようを通した法華経的要素の展開と、第4次稿で大きく変容した物語構造には、これまでに見てきた〈児童文学ファンタジー〉の星や星座としてみてきたものが応用できるのである。

繰り返し述べてきたように、〈児童文学ファンタジー〉は現実と空想が何重にも重ね合わされた多重構造が大きな特徴である。愛や信頼といった要素は、奥まったところでおぼろげながら輝いていることで、現実時空の限界を超える普遍性をもつものとなっていた。

いうまでもなく、「銀河鉄道の夜」は他に類をみない壮大なスケールの空想的物語である。その中には何重にも入れ子になった空想と現実が入り混じっているのであるから、賢治の実人生の現実のみを至高のものとして扱うことは作品の妙味を損ねるとともに、狭い世界に閉じ込めることになる。

2　改稿の過程における現実と空想の関係性

1　創作の過程としてみる初期形の変容

銀河宇宙の旅の始まりのイメージ

〈児童文学ファンタジー〉には、イメージをつなぎ合わせるという創作行為があるということは序章で述べた。「銀河鉄道の夜」が謎の多い作品であるのは、作者と作品と登場人物の現実と空想が入り混じっているからである。これらを丁寧に紐解く必要がある。作品の改稿からは、イメージがどのようにしてつなぎ合わされていくのか、という著者の頭の中の創作過程がみえてくる。

まず、第1次稿から第3次稿までの変容における、初期形内の賢治の創作過程をみてみよう。イメージの発端である第1次稿は、銀河鉄道の車窓から眺める幻想的なこと座の世界から始まる。サザンクロスで下車する人々とのやり取りと、カムパネルラとの別れと決意から成りたち、最後はこと座の描写で終わる。

この銀河鉄道のイメージも当初から出来上がっていたようである。天の川や森や崖、野原や高原など、あらゆるところを走ることができ、次々と目まぐるしく車窓の景色が変わっていく汽車の旅という幻想世界は、物語創作の基層にあったと考えられる。渡り鳥に手旗信号を送る人、トウモロコシ畑、インディアンや工兵隊といった車窓の風景の変化などは既にこの段階からみることができる。

また、作品の基調としてすべての稿において通底しているのは、ジョバンニの悲しさや寂しさである。「何とも云へずかなしい気がし」たり、「まるでたまらないほどいらいらし」たり、「(どうして僕はこんなにかなしいのだらう……)」「(……僕はほんたうにつらいなあ。)」[十本16～19]といったモノローグは最終形まで削除されることはなかった。

最も重要な、「銀河鉄道の夜」の宗教思想の中核をなす、蠍の挿話やジョバンニの最後の決意にみる「みんなのほんたうのさいはい」の希求もすべての稿に貫かれているので、作品創作の発端からの主題であったことがわかる。

これらの場面が賢治の心象中に最初に浮かび上がって、それらをつなぎ合わせたところに銀河鉄道が走る外側の幻想的な世界の根幹が出来上がったと捉えることもできる。

現実と空想の混沌

第1次稿では、まだ登場人物の頭の中にイメージとして浮かんだものと車窓から見えている世界との区別がはっきりとしていない。そして、銀河鉄道の乗客には、主人公のジョバンニとカムパネルラ、サザンクロスで下車する青年と女の子と男の子が登場している。サザンクロスで下車する三人がタイタニック号の犠牲者であることが仄めかされるのは第2次稿からで、会話に入ってくる不思議な低い声や老人らしき人の話し声は後の稿の導き手に発展するイメージといえる。

第1次稿だけにみられるのは、同乗していた女の子が語る、美しい竪琴を鳴らすお姫様の話である。女の子は聞こえてきた楽器の音に反応して、お姫様にはお付きの者がいて孔雀の羽で扇いでいると思うと語るのだが、後の稿の同じ場面ではお姫様の話は出てこない。そこでは、たくさん孔雀がいて、ハープのように聞こえたのは孔雀の声ということになっている。

そのあとに続く海豚と鯨について語るくだりは、第3次稿以降削除されている。女の子は鯨を「アラビアンナイトで見たわ」［十本17］と語っていることから、賢治が「アラビアンナイト」の「シンドバッドの冒険」等を読んでおり、そうした物語からも着想を得ていたこともわかる。

要するに、そもそも銀河鉄道の旅自体が幻想的で不可思議なため、物語中の現実であっても空想性が高く、登場人物の頭の中で思い浮かべた空想と現実との境界があいまいなのである。登場人物の頭の中と銀河鉄道の世界、賢治の頭の中と作品の改稿というように、何重もの現実と空想が重ねられた多重構造をなしているといえよう。

つまり、第1次稿で登場人物の頭の中の空想のイメージとして語られていたものが、後の稿ではそこから想像が膨らんで、物語中の現実に変容するという現実と空想の新たな均衡がみられるのである。

ジョバンニの切符のイメージの拡がり

このように第1次稿をみることで、創作の出発点が明らかとなるわけだが、改稿過程で大きな変化を遂げたのは、「ジョバンニの切符」である。第2次稿以降に大きく変化し、大切な役割をもつ「ジョバンニの切符」は、第1次稿では印象は薄い。

途中下車する少女たちを引き留めようとして、「もっといゝとこへ行く切符を僕ら持ってるんだ」［十本24］というジョバンニのセリフとセロのような声の「さあ、切符をしっかり持っておいで……」という励ましの会話に出てくるだけである。つまり、登場人物の頭の中にあったことになる。

ただ、第1次稿でも「さあもうきっと僕は僕のために、僕のお母さんのために、カムパネルラのためにみんなのためにほんたうのほんたうの幸福をさがすぞ」というジョバンニの決意の実現と切符を所持することは一応結びついてはいた。セロのような声が「本統の世界の火やはげしい波の中を」「まっすぐに歩いて」いくために、「たった一つのほんたうのその切符を決しておまへはなくしていけない」［十本27］と語っているのである。

第2次稿ではこの切符のイメージが大きく膨らみ、作品内に現出する。生と死の世界を行き来する銀河鉄道の乗車自体に、より一層の宗教的死生観による位置づけがなされたことによると考えられる。賢治は自らの信仰の価値を異なる世界間の移動を可能にする切符の価値と重ね合わせたのである。宇宙的な語りや時空を超える世界観によって、彼岸と此岸を超越しようとする法華経の教義になぞらえてイメージをつなぎ合わせていったといっても過言ではない。

そのため、第1次稿では「もっといゝとこへ行く」［十本24］というあいまいな切符であったのに対して、第2次稿では「ほんたうの天上へさへ行ける」［十本112］という価値と機能が与えられることとなった。検札でそれを車掌に見せたことで、所持していることに対する大いなる称賛を他者から得るとともに、カムパネルラを失って旅を終えた後に再び渡される重要なファクターとなっているのである。

この時点では、切符をもっていることは既に空想の中の銀河鉄道の乗車資格を超えて、宗教的な浄土へ行くために不可欠なものとなっている。そこに賢治の法華経理解に基づいた宗教的志向との結びつきをみることができる。

2　初期形における賢治の宗教思想

初期形における現世主義的傾向

初期形の第1次稿から第3次稿においては、宗教的思索の跡が顕著に表れている。

例えば、第2次稿と第3次稿では、銀河鉄道の旅から帰還したジョバンニの前に「大へんいゝ実験をした」［十本130］と言いながらブルカニロ博士がやってくる。ジョバンニの「僕きっとまっすぐに進みます。きっとほんたうの幸福を求めます」［十本176］という決意表明を受けて、再び同じ切符を渡すのである。

「どこでも勝手にあるける通行券」［十本112］であるこの切符は、銀河鉄道乗車の資格とその類まれな機能を示すものへと展開しただけでなく、空想の旅を終えたジョバンニが持って進むものとなっている。そして、現実に戻っているにもかかわらず、切符は不思議な出来事を起こす。

ジョバンニはまっすぐに走って丘をおりました。そしてポケットが大へん重くカチカチ鳴るのに気がつきました。林の中でとまってそれをしらべて見ましたらあの緑いろのさっき夢の中で見たあやしい天の切符の中に大きな二枚の金貨が包んでありました。

「博士ありがたう、おっかさん。すぐ乳をもって行きますよ。」［十本130］

このように第2・3次稿では、病気の母のために牛乳を買うことができなかったジョバンニのポケットの中に切符に包まれた金貨が入っている。したがって、銀河宇宙の旅から戻ってきたジョバンニは、完全に現実世界に戻っているとは言い難い。空想と現実が一体化した同じ地平にあって、不思議なことを許容する一元的な世界にとどまっているからである。

不思議な出来事が物語中の現実にも起こる一次元性は、空想と現実が分離していない「赤ずきん」のようなおとぎ話と同様である。赤ずきんは狼に話しかけられても驚くことなく会話しているのは、話全体が現実時空をもたない空想的なものとして一元化されているからである。

したがって、ジョバンニの「ほんたうのほんたうの幸福をさがす」決意と「天の川のな〔か〕でたった一つのほんたうのその切符」［十本130］をもつことも現実離れしたものとなってしまうのである。

なぜなら、これまで述べてきたような、作者や読者の現実をも取り込む多重構造とはならないからである。

その点に留意しながら、第3次稿をみてみよう。初期形の「銀河鉄道の夜」は、銀河鉄道の乗車を可能にしたジョバンニの切符が大きく宗教的に価値づけられた第2次稿を経て、さらに法華経的現世主義が全面に押し出された第3次稿へと大きく展開していく。改稿されるごとに銀河宇宙の旅それ自体と帰還後のジョバンニの生き方とが、賢治自身の法華経信仰に強く結びつけられていっているのである。

そのため、「ほんたうの神さま」論争と、これまで表立っていなかった導き手の存在が強く浮かび上がってきたといえる。この二つは、いずれも賢治の宗教思想と密接に関わっている。

「ほんたうの神さま」論争

まず、「ほんたうの神さま」論争について述べよう。

第1、2次稿では、天上へ行こうと途中下車する人たちに、「もっといゝとこへ行く」［十本24、127］という行き先の代替案であった。ところが、第3、4次稿では、「ぼくたちこゝで天上よりももっといゝとこをこさえなけぁいけないって僕の先生が云ったよ」と法華経的浄仏国土の現世主義をもって引き留めようとする。

そのすぐ後に、キリスト教的な一神教を信じる青年と女の子たちとの宗教論争である「ほんたうの神さま」論争が展開する。どちらがほんとうの神さまかを言い争うやり取りからは、ジョバンニが法華経的な永遠無死の生命をもつ仏の観念を、一神教を超えるものと捉えようとしていること、また年長かつ敬虔な信徒である青年を前にうまく言い表せないもどかしさを感じていることが見て取れる。

「天上へなんか行かなくたっていゝぢゃないか。ぼくたちこゝで天上よりももっといゝとこをこさえなけぁいけないって僕の先生が云ったよ。」「だっておっ母さんも行ってらっしゃるしそれに神さまが仰っしゃるんだわ。」「そんな神さまうその神さまだい。」「あなたの神さまうその神さまよ。」「さうぢゃないよ。」「あなたの神さまってどんな神さま〔 〕ですか。」青年は笑ひながら云ひました。「ぼくほんたうはよく知りません、けれどもそんなんでなしにほんたうのたった一人の神さまです。」「ほんたうの神さまはもちろんたった一人です。」「あゝ、そんなんでなしにたったひとりのほんたうのほんたうの神さまです。」「だからさうぢゃありませんか。わたくしはあなた方がいまにそのほんたうの神さまの前にわたくしたちとお会ひになることを祈ります。」〔十本171〕

サザンクロスで下車する、天上へ行く人たちを引き留めるセリフは、第1、2次稿では誰かが言ったという間接的な言及であったが、第3次稿では先生の言葉となっている。少年のジョバンニはまだこうした宗教思想を他人に伝わるように語るには幼く、語彙も十分ではない。

カムパネルラとの別れに慟哭しているジョバンニを慰める、セロのような声や黒い大きな帽子の大人の語る法華経思想に基づく現世主義的世界観は、先ほどの論争に決着をつけるような力強いものであった。ジョバンニが自身の力では決着をつけることができない論争が付け加えられたことで、その正しさを保証する導き手が必要となったともいえる。

カムパネルラとジョバンニの行き先

したがって、うまく言葉にできなかったジョバンニのジレンマは、第3次稿においては導き手の存在と教え導く言葉によって解消されたことになる。それは同時にジョバンニの孤独感の払拭の方向性を指示するものでもあったわけだが、最も強い孤独感が表出されているのも第3次稿なのである。

すべての稿においてカムパネルラと一緒に銀河鉄道に乗車していても、ジョバンニは寂しさや悲しさに満ちていて孤独だった。その気持ち自体に大きな変化があるわけではない。とはいえ、導き手が現れる前の第1、2次稿では、カムパネルラがいないことに気づいてもすぐに気を取り直している。涙を流すこともなく「さあ、やっぱり僕はたったひとりだ。きっともう行くぞ。ほんたうの幸福が何だかきっとさがしあてるぞ。」[十本27、129]と叫ぶ。カムパネルラとの別れという最大の寂しさにそれほどダメージを受けていないのである。

この時の切符はジョバンニとカムパネルラの二人のものであった[146]にもかかわらず、一人になったことをあっさりと受容しているといってもよい。二人は一緒に行ける切符を持っていたので、ジョバンニの「きっとみんなのほんたうのさいわいをさがしに行く。どこまでもどこまでも僕たち一諸に進んで行かう」という誘いに対しても、カムパネルラは「あゝ、きっと行くよ」〔十本129〕と答えている。しかし、その返答が「ほんたうに強い気持」（第1次稿〔十本26〕）や「ほんたうのこゝろ」〔十本129〕からは出ていないような気がしてジョバンニは寂しいのである。したがって、ジョバンニの寂しさは後のカムパネルラとの別れを予感していた孤独感であったともいえる。

ところが、第3次稿では、最初からジョバンニとカムパネルラの行き先は別々である。カムパネルラは、ジョバンニの切符とは異なる小さな鼠色の切符を持っているのである。それを検札の際に「わけもないといふ風で」差し出しており、その行き先にも自覚的であったことがわかる。一方、ジョバンニは乗車自体も切符に対しても無自覚である。カムパネルラが切符を出したのを見てあわてて自分のポケットを探っている。

ジョバンニは、すっかりあはてゝしまって、もしか上着のポケットにでも、入ってゐたかとおもひながら、手を入れて見ましたら、何か大きな畳んだ紙きれにあたりました。こんなもの入ってゐたらうかと思って、急いで出してみましたら、それは四つに折ったはがきぐらゐの大さ[147]の緑いろの紙でした。〔十本155〕

両者の行き先が既にはっきりと異なっていることが示されているのだが、第3次稿のジョバンニはカムパネルラがいなくなってしまったことを深く悲しみ慟哭する。
すると、繰り返し述べているようにセロのような声や黒い大きな帽子をかぶった大人が登場し、その悲しみを慰める。彼は遠くへ行ったので探しても無駄だし、一緒には行けない、と語るのである。さらにみんながカムパネルラなのだから、あらゆるひとのいちばんの幸福をさがし、みんなと一緒に早くそこに行くことでほんとうにカムパネルラといつまでもいっしょに行けるのだ、とジョバンニが孤独ではないことも教え諭す。

このようにカムパネルラの死が直接言及されないまでもはっきりとして、この世を生きるジョバンニは決別を余儀なくされた。そして、カムパネルラ個人への友愛を普遍的な全体への愛へと昇華させなければならないと諭されている。そこには、「お前は夢の中で決心したとほりまっすぐに進んで行くがいゝ。」[十本176]という現世主義と個への執着を断ち切ろうとする仏教的価値理念が見て取れるのだが、それだけジョバンニの孤独感は強まっているともいえる。

トシ子の死の悲しみを超える現世主義

そのことは、賢治の実人生とも深く関わっている。最愛の妹の存在が、信仰と創作に大きく関わっていることは多くの研究者が指摘するところである。[148] トシ子の死去後は心の暗黒部分としての修羅の意識が支配的であったことは心象スケッチをみても明らかである。
トシ子を失った悲しみを詠った連作の一つ「無声慟哭」において、賢治はトシ子を「天上」へ押し上げようとし、自身を「青ぐらい修羅」［二本143］と定位した。トシ子のいる天上を求めて彷徨した賢治は、最もよい世界の建設を目指すことに自らの修羅意識の超克をスライドさせていくのである。

つまり、現実世界に天上すなわち理想社会を建設するという現世主義的傾向に赴くことで、亡くなったトシ子と生きている自分自身、そしてすべての人を救済する道を求めたといえる。

むろんそれ以前も、法華経を広めることによって理想世界の実現を目指していたには違いない。しかし、既に多くの指摘があるように、トシの死を境として賢治はより直接的な方法で浄仏国土の実現を目指すようになった。具体的実践として、賢治は自らも農民たるべく花巻農学校教員の職を辞して独居、自炊することから取り組んだのである。

さらに、羅須地人協会を設立し、他の農民の農業技術と生活の質の向上を目指した。厳しい環境下に置かれた貧しい農民に対して、経済的にも文化的にも豊かな暮らしを実現するためである。当時の東北の貧しい農村という眼下の現実に密接に関わった仏国土の建設という非常に具体的な形に移行したのである。

ここにおいて賢治の法華経信仰における現世主義は最も極まったとみることができよう。このような現実世界への理想の体現は、賢治の法華経信仰をみていくうえで欠くことのできない重要な特徴である。そのことは創作とも相関していたために、「銀河鉄道の夜」の初期形には、賢治の現世主義的法華経信仰が色濃く表れている。

まとめると、初期形では、第1次稿の幻想的なイメージの発端から展開し、ジョバンニの切符を軸に、第2次稿で宗教思想との結びつきがリアリティを持った切符に象徴されており、第3次稿において決定的な法華経の教義が物語全体を包含していたということになる。

しかし、〈児童文学ファンタジー〉の創作のありようや特性に鑑みると、初期形においても多くの星々が浮かび上がってくる。

3　初期形における自尊感情、他者愛、顛倒の面白さ

第3次稿と第4次稿の比較

ここからは、初期形の第3次稿と最終形の第4次稿を比較検討しながら、童話「銀河鉄道の夜」における〈児童文学ファンタジー〉の構造と要素についてみていこう。第3次稿からは、「銀河鉄道の夜」の幻想世界がほぼ出来上がっており、長編の物語となっている。第3次稿以降の「銀河鉄道の夜」は、他の小編に比べて長さのある作品となり、やや年齢層が高い読者が設定されているといえる。賢治自身もそのことは意識していたようで、「少年小説」のメモ書きが残されていた。[149]

第3次稿は「ケンタウル祭の夜」から始まり、「天気輪の柱」「銀河ステーション」「北十字《きたじふじ》とプリオシン海岸」「鳥を捕る人」「ジョバンニの切符」と章立てがなされている。最初の「ケンタウル祭の夜」

と「ジョバンニの切符」には現実と思われる部分があるものの、これらはこれまでみてきた〈児童文学ファンタジー〉の物語構造に照らし合わせるならば、はっきりとした境界がみられるわけではない。

幻想部分と直結したお祭は非日常世界であるし、最後に銀河鉄道を降りてからも切符に包まれた金貨がポケットに入っているなど、不思議なことも起こり続けているのである。それに対して、最終形は明確な現実部分が付け加えられて、幻想と現実の境界がはっきりした枠物語の構造に整えられたことは先行の研究史において述べたとおりである。

第3次稿の現実と幻想の境界があいまいなジョバンニは、自己に対する「信頼」がなく、自己肯定感も低いことがその孤独なモノローグからわかる。「もし～なら」と仮定したり、友達のカムパネルラをうらやんだりして、自らの不遇を嘆いてばかりいるのである。

(あゝ、もしぼくがいまのやうに、朝暗いうちから二時間も新聞を折ってまはしにあるいたり、学校から帰ってからまで、活版処へ行って活字をひろったりしないでもいいやうなら、……誰にも負けないで、一生けん命やれたんだ。……)〔十本134〕

(今日、銀貨が一枚さへあったら、どこからでもコンデンスミルクを買って帰るんだけれど。ああぼくはどんなにお金がほしいだらう。……ぼくはどうして、カムパネルラのやうに生まれなかったらう。……)〔十本135〕

そして、そんな現実から逃れたいとさえも考えている。

（ぼくはもう、遠くへ行ってしまひたい。みんなからはなれて、どこまでもどこまでも行ってしまひたい。……）［十本138頁］

この嘆きに鑑みれば、幻想の銀河鉄道の旅は、現実逃避であるといえよう。卑屈な心でいっぱいのジョバンニであったが、ジョバンニの切符と題された章において他の人々から認められ、称賛されるという変化が起こる。前節で述べたように、ジョバンニの切符についての具体物としての記述は、幻想的な銀河鉄道の旅のイメージが作られた第一次稿にはみられないが、第2次稿以降最終形まで残された部分である。

尊さの発見と顛倒の面白さ

この切符の所持には、これまで〈児童文学ファンタジー〉の中にしばしばみられてきた顛倒の面白さがある。これまでいじめられっ子で不遇であったジョバンニが、他者から絶賛されるような切符の持ち主であるという顛倒は、自己への信頼を回復するのに十分である。しかも、ジョバンニがうらやんでいた同乗のカムパネルラでさえ持っていない貴重なものであった。

幻想世界の出来事であるのでジョバンニの心情には矛盾があり、「もしか上着のポケットにでも、入ってゐたか」と期待をしつつも、実際に入っていたことに対して「こんなもの入ってゐたらうか」と自分でも驚いている。このようなジョバンニの知覚の曖昧さに反して、周りの人たちはその価値をよく知っているようである。


車掌が手を出してゐるもんですから何でも構はない、やっちまへと思って渡しましたら、車掌はまっすぐに立ち直って叮寧にそれを開いて見てゐました。そして読みながら上着のぼたんやなんかしきりに直したりしてゐましたし燈台看守も下からそれを熱心にのぞいてゐましたから、ジョバンニはたしかにあれは証明書か何かだったと考へて少し胸が熱くなるやうな気がしました。

「これは三次空間の方からお持ちになったのですか。」車掌がたづねました。

「何だかわかりません。」もう大丈夫だと安心しながらジョバンニはそっちを見あげてくつくつ笑ひました。[十本155]

そうした反応を受けて「たしかにあれは証明書か何かだった」というおぼろげな記憶から、「少し胸が熱くなる」のであるが、やはりそれが何かはわかっていない。カムパネルラに促されつつ、自分自身でも早く見たいと思って切符を確認する。切符は以下のように描写されている。

カムパネルラは、その紙切れが何だったか待ち兼ねたといふやうに急いでのぞきこみました。ジョバンニも全く早く見たかったのです。ところがそれはいちめん黒い唐草のやうな模様の中に、おかしな十ばかりの字を印刷したものでだまって見てゐると何だかその中へ吸ひ込まれてしまふやうな気がするのでした。［十本156］

二人は切符が何なのかよくわかっていない。すると、鳥捕りがそれを横からちらっと見てあわてて切符の真の価値を二人に説明する。

「おや、こいつは大したもんですぜ。こいつはもう、ほんたうの天上へさへ行ける切符だ。天上どこぢゃない、どこでも勝手にあるける通行券です。こいつをお持ちになれぁ、なるほど、こんな不完全な幻想第四次の銀河鉄道なんか、どこまでも行ける筈でさあ、あなた方大したもんですね。」［十本156］

その素晴らしい切符の持ち主である自分が称賛された気恥ずかしさから、ジョバンニは「何だかわかりません」とだけ答えてしまってしまう。

切符を通した尊さの自覚

鳥捕りの説明によれば、「おかしな十ばかりの字を印刷」したそれは、「ほんたうの天上へさへ行ける」し、さらには「どこでも勝手にあるける通行券」なのである。

車掌が襟を正し、鳥捕りが絶賛するような素晴らしいもので、ジョバンニとカムパネルラも「何だかその中へ吸い込まれてしまふやうな気がする」のであるが、作中ではそこに書かれている文字については明らかにされていない。多くの研究者によって様々な考察が行われてはいるものの、作品の中で言及にされていない以上、何が書かれていたかはいずれも推測の域を出ない。

しかし、このような「自覚せずに自分がそのような素晴らしい宝物を持っていたことに気づく」というプロットは、法華経の「授学無学人記品第八《じゅがくむがくにんきほん》」の中にある法華七喩の一つ「衣裏繋珠《えりけいじゅ》」のたとえ話にみることができる。

「衣裏繋珠」とは、自分でも気づかないうちに与えられ、所持していた宝である。ある人がお金持ちの友人宅で眠ってしまった際に、衣の裏に宝珠を縫い付けてもらっていたことに気づかず、相変わらず貧しい生活を送っている。再会した友人から衣に縫い付けられた宝珠のこと聞かされて、実は自分がそのような宝を持っていたことを知るという物語である。

ここでいう宝は、凡夫だと思っていた自分が実は持っていた仏と同じ尊い性質――仏性であるとも解釈できる。それは自己肯定感、尊さの自覚と言い換えることが可能である。切符が、自覚がなくとも既に持っている尊さの象徴であることは、無自覚のまま所持していたことからもわかる。

いつの間にか乗り込んでいた列車であるので、当然のことながら切符を持っていないことをジョバンニは承知している。ところが、不思議なことにポケットを探ってみると紙切れが入っており、それが切符として通用するばかりか、四次元の銀河鉄道を超えたどこにでも行ける万能のチケットなのである。

そこに、これまで〈児童文学ファンタジー〉の中の要素としてみてきた自己の尊さの自覚、自分への信頼感がある。

自尊感情から他者愛への展開

こうしたジョバンニの自己への信頼は、他者への愛へと展開している。切符とその持ち主であるジョバンニに深く感心している鳥捕りに対する心情に変化がみられるのである。

そしてきまりが悪いのでカムパネルラと二人、また窓の外をながめてゐましたが、その鳥捕りの時々大したもんだといふやうにちらちらこっちを見てゐるのがぼんやりわかりました。……ジョバンニはなんだかわけもわからずにはかにとなりの鳥捕りが気の毒でたまらなくなりました。

［十本156］

「気の毒」という言葉は、ありのままの鳥捕りを受け入れ、大切にしたいという思いへと展開していくが、こうした他者を気の毒に思うという感覚は、カムパネルラを通して度々語られてきた。例えば、最終形第4次稿の学校の場面で、カムパネルラが答えるのを躊躇したのは、自分のことを気の毒に思ったからだとジョバンニは解釈している。

このごろぼくが、朝にも午后にも仕事がつらく、学校に出てももうみんなともはきはき遊ばず、カムパネルラともあんまり物を云はないやうになったので、カムパネルラがそれを知って気の毒がってわざと返事をしなかったのだ、さう考へるとたまらないほど、じぶんもカムパネルラもあはれなやうな気がするのでした。［十一本124］

また、いじわるな級友たちがジョバンニをからかう時も「カムパネルラはみんながそんなことを云ふときは気の毒さうにしてゐる」［十一本128］のである。

銀河鉄道に乗る前のジョバンニは、気の毒がるカムパネルラをみると「じぶんもカムパネルラもあはれなやうな気がする」のであったが、ここでは気の毒さは哀れさと不可分となっている。

しかしながら、自己の尊さに気づいた後のジョバンニは、鳥捕りを同じように気の毒に思ってはいるものの、その幸せを願わずにはいられない心情となっている。

知らずに持っていたという切符から、絶対的な自己肯定感に基づいた揺るぎない自尊感情が生まれ、同じように自分の周りの他者の尊さに気づく他尊感情へと繋がっていると考えることができるのである。

鳥捕りへの友愛から導き出される決意表明

第3次稿で切符の所持が鳥捕りへの友愛と献身願望に結びついていることに着目してみよう。〈児童文学ファンタジー〉の星座において、愛は信頼と結びついていた。切符を通した自尊感情の確立から、見ず知らずの鳥捕りへの友愛と献身願望が引き出されたのである。以下は、鳥捕りへの心情の変化がわかる場面である。

鷺をつかまへてせいせいしたとよろこんだり、白いきれでそれをくるくる包んだり、ひとの切符をびっくりしたやうに横目で見てあはてゝほめだしたり、そんなことを一一考へてゐると、もうその見ず知らずの鳥捕りのために、ジョバンニの持ってゐるものでも食べるものでもなんでもやってしまひたい、もうこの人のほんたうの幸になるなら自分があの光る天の川の河原に立って百年つゞけて立って鳥をとってやってもいゝといふやうな気がして、どうしてももう黙ってゐられなくなりました。ほんたうにあなたのほしいものは一体何ですか、と訊かうとして、それではあんまり出し抜けだから、どうせうかと考へて振り返って見ましたら、そこにはもうあの鳥捕りが居ませんでした。［十本156］

これまでのジョバンニが感じていた気の毒さは哀れさに繋がっていたが、自己の尊さに気づいて以降、鳥捕りの尊さにもまた気づいて、その幸せを願わずにはいられなくなっている。そして、彼を大切に扱わなかったことを悔やむのだが、それは今まで自尊感情を持っていなかったジョバンニにとって初めて芽生えた感覚であったといえる。


「あの人どこへ行ったらう。」カムパネルラもぼんやりさう云ってゐました。

「どこへ行ったらう。一体どこでまたあふのだらう。僕はどうしても少しあの人に物を言はなかったらう。」

「あゝ、僕もさう思ってゐるよ。」

「僕はあの人が邪魔なやうな気がしたんだ。だから僕は大へんつらい。」ジョバンニはこんな変てこな気もちは、ほんたうにはじめてだし、こんなこと今まで云ったこともないと思ひました。［十本157］

要するに、自尊感情の獲得は、ジョバンニにとって他者愛へと目覚めるものとなったのであり、先述のアラジンのモチーフとも共通している。その後、蠍の挿話を経て、他者愛は次のような願いと決意表明まで発展していく。

「カムパネルラ、また僕たち二人きりになったねえ、どこまでもどこまでも一緒に行かう。僕はもうあのさそりのやうにほんたうにみんなの幸のためならば僕のからだなんか百ぺん灼いてもかまはない」という願いや、「僕もうあんな大きな暗の中だってこわくない。きっとみんなのほんたうのさいはいをさがしに行く。どこまでもどこまでも僕たち一緒に進んで行かう」［十本173］という力強い決意表明である。

このように、初期形においても、〈児童文学ファンタジー〉の特性である、自尊感情の芽生えとそこから生じる隣人愛ともいえる他者への愛をみることができる。そしてこの自尊感情と他者愛、献身願望は初期形において確立されて、第4次稿へと展開したことになる。

3 〈児童文学ファンタジー〉の特性からみる最終形

1 改稿におけるジョバンニの変容

新しく付け加えられたジョバンニの現実世界

改稿は、主人公のジョバンニのキャラクターに大きな影響を与えているが、初期形第2次稿から第3次稿にかけて重要な宗教的モチーフとなった切符が、最終形では幻想の銀河鉄道の中でしか登場しなくなっていることは注目に値する。そのため、初期形すべての稿で語られた、現実を生きるうえで決してなくしてはいけない「天の川のな〔か〕でたった一つのほんたうのその切符」〔十本27、130、177〕という機能は失われている。

そのかわり、現実と空想が多重化した〈児童文学ファンタジー〉としての形式は整ったといえる。現実から空想世界へ、そして再び現実の世界に戻っていくという構造を持ち、幻想的な別世界と物語中の現実世界には緩やかな繋がりがみられるものの、基本的には異なる位相に存在しているのである。

最終形とされる第4次稿では、空想をはさむ形でいくつかの現実の場面が付け加えられた。学校や家庭、アルバイト先、カムパネルラの溺死を知る場面である。これらは、銀河宇宙の旅とカムパネルラの死に緩やかな繋がりをもっている。例えば、冒頭の「天の川」についての授業、母との会話に登場する「アルコールランプで走る汽車」［十一本129］でカムパネルラと遊んだことなどは、銀河鉄道のイメージと繋がっている。

さらに、旅に至る動機づけもある。ジョバンニは、時計店の壁にかけられた星座の図に見いりながら、「ほんたうにこんなやうな蝎だの勇士だのそらにぎっしり居るだらうか、あゝぼくはその中をどこまでも歩いて見たい」［十一本131］と憧れている。彼が幻想的な銀河の旅に出発したことはこのような憧憬の実現となり、初期形のような現実逃避ではなくなっている。

また、先述のジョバンニの切符も「おかしな十ばかりの字を印刷した」ものであったので、ジョバンニのアルバイト先が活版所であることと関連している。

このように最終形では、これまでジョバンニのモノローグで語られたのと同じような困難な状況が現実生活として描き出され、夢の中の銀河鉄道の旅とおぼろげな重なり合いをもつものとなっているのである。

では、再び現実に戻る場面はどうであろうか。夢から覚めたジョバンニは、カムパネルラの死や父の帰還の知らせを聞く。

ジョバンニはもういろいろなことで胸がいっぱいでなんにも云へずに博士の前をはなれて早くお母さんに牛乳を持って行ってお父さんの帰ることを知らせやうと思ふともう一目散に河原を街の

方へ走りました。［十一本171］

この場面は、初期形の第1・2次稿とも第3次稿とも異なって、空想の旅と直接的な地続きとはなっていないことがわかる。そのため、物語の現実世界で語られるジョバンニが困難な状況にも自分なりに対処する自立した少年という印象を残すようになったのである。

成長を感じさせるジョバンニ

この点に関しては、多くの研究者の指摘するところである[150]。

例えば、平岡弘子は「「まっすぐに進む」と口に出して宣言はしなくても、ジョバンニが確かにひとまわり大きくなったと読者に感じさせる[151]」と決意表明が無用であることを指摘しているが、それは自尊感情が形成されたからともいえる。

西田良子は、牛乳屋でのしっかりした対応やいじわるなザネリへの抗議、自分でかせいだお金でパンと角砂糖を買うといった具体的な例を挙げ、博士の助けを借りずに自分自身で考え、判断し、行動するたくましい少年になった[152]と初期形からのジョバンニの人間的な成長をみている。

「銀河鉄道の夜」を初期形から最終形までの改稿の過程まで含めた一つの〈児童文学ファンタジー〉の連なりとしてみる場合、初期形の三つの稿は頭の中のイメージ、空想となり、もう一つ外枠の現実が第4次稿で付け加えられたことになる。最終形では空想の旅と現実世界という枠物語の構造が整ったことで、銀河鉄道のなかで行方不明になったカムパネルラの行き先は、さらにその内側になるという入れ子となった。

そのため、多重化した銀河世界は、現実と二項対立の空想世界として逃避する場ではなくなったのである。むしろ、自己を信頼している少年らしい夢や憧れの探求の場となり、博士の導きもなく基本設定は変わらなくとも、初期形のジョバンニと比べ、一人の人間としてたくましく成長した印象を与えている。[153]

このように、改稿により多重化した〈児童文学ファンタジー〉となったことで、主人公の少年は根源的なところに自尊感情をもった、魅力的な人物像へと変化したとみることもできる。だからこそ初期形ではジョバンニの孤独を超克するために必要であった博士その他の導き手は不要となり、最終形においては消滅したとも考えられる。

要するに、初期形でフォーカスされていた現実時空のジョバンニの苦悩は和らぎ、帰還した空想世界の影響もおぼろげなものとなったのである。これまで述べてきたように〈児童文学ファンタジー〉は道徳のように直接的な教訓をもたらすものではない。その中にちりばめられている自尊や信頼は、読み取るべき主題として前に出てくるとおし付けがましいものとなってしまう。むしろ物語を味わうなかでおぼろげながら感得されるものである。

第3次稿で前に出てきた教義は、外側に現実の枠がついたことで影をひそめたが、その分奥に輝く星が普遍性をもつこととなった。途中下車する女の子が語る蠍の挿話である。

蠍の挿話にみる入れ子構造

ここで改めて、「銀河鉄道の夜」の中ですべての稿にみられた蠍の挿話について、〈児童文学ファンタジー〉における星と星座の観点から考察してみたい。この挿話に輝いているのは愛と献身であるが、多重化により、位置づけが変化している。

創作の発端である第1次稿の段階から、このイメージは賢治の中に浮かんでいたものであり、最終形の第4次稿でも削られることはなかった。夏の夜空にひときわ明るく赤い輝きを放つさそり座のアンタレスから、賢治の中に膨らんだ物語であろう。

こと座から竪琴を弾くお姫様をイメージしたのと同じように、アンタレスを含むさそり座のイメージから、なぜ蠍が星になったのかについての想像が膨らんだのかもしれない。

蠍の挿話のあらすじを述べよう。小さな虫を食べる蠍が、ある日いたちに食べられそうになる。必死で逃げるなか、誤って井戸に落ちてしまう。そして溺れかかりながら、神に向かって次のように祈る。

あゝ、わたしはいままでいくつのものの命をとったかわからない、そしてその私がこんどいたちにとられやうとしたときはあんなに一生けん命にげた。それでもたうたうこんなになってしまった。あゝなんにもあてにならない。どうしてわたしはわたしのからだをだまっていたちに呉れてやらなかったらう。そしたらいたちも一日生きのびたらうに。どうか神さま。私の心をごらん下さい。こんなにむなしく命をすてずどうかこの次にはまことのみんなの幸のために私のからだを

おつかひ下さい。［十一 本163］

仏教では、他の命を奪うことは「殺生」として戒められている。井戸に落ちた蠍は死を目の前にして、自分が行ってきた殺生の罪に気づいたといってもよい。しかし、それは多くの生き物が必然的に背負わざるを得ない罪、すなわち「宿業」であるともいえる。蠍はそうした生き物が背負う宿業に気づき、それを超えようとした。本書では、他者への愛と見返りを求めない場合には、自己犠牲というよりも献身であると捉えている。その意味において蠍の祈りを詳細にみてみよう。

蠍の献身願望の宗教性

絶望的に厳しい現実の死を受け入れたとき、蠍の願いは来世での献身に対する祈りへと転じている。避けることのできない死を前に、今度はその命を虚しく捨てないように、まことのみんなの幸せのためにその身を使えるように、と祈るのである。その祈りは聞き届けられ、今でも闇夜を照らす星となったと女の子は語る。

そしたらいつか蝎はじぶんのからだがまっ赤なうつくしい火になって燃えてよるのやみを照らしてるのを見たって。いまでも燃えてるってお父さん仰ったわ。［十一 本163］

我が身を惜しまないことは、自己への執着を捨てることでもあり、教えに対する帰依の大きさを表してもいる。そもそも仏教には、そうした献身を称揚する傾向がある。法華経にも不自惜身命《ふじしゃくしんみょう》の教えがあるし、釈尊の前生譚を描いた「ジャータカ」にも、飢えた母虎を助けた皇子や偈[154]の続きを聞くために身を投げた童子の話がある。

献身願望は賢治自身の宗教的志向性でもあり、他の作品の中にもしばしばみられる。村の危機を救うために自分が犠牲となった「グスコーブドリの伝記」や「手紙一」でも恐ろしい竜があえて虫たちにわが身を食べさせている。

イエスの十字架上の死に象徴されるように、キリスト教にも同様の志向がみられる。後から乗車してきた男の子と女の子、家庭教師の青年を通して表象されている。

乗車してきた彼らは、自分たちが海難事故の犠牲者であり、じきに神様のところに行くことを語る。第2次稿では、彼らの死は巡り合わせとしての運命の要素が強いが、第3次稿以降は、他者を押しのけてまで生き残ろうとすることは罪であり、そのような罪を犯さずに神のもとに行くほうが幸せであるとする宗教的な意思決定がみられる。

最終的には神の思し召しを自らの意思として、死を受け入れているのである。そこにはキリスト教的な価値理念における他者愛に基づいた献身がある。この他者を救うために自らの命をかける献身は、第4次稿の現実部分でカムパネルラが友達のザネリを助けて溺死することとも関連している。

しかしながら、宗教性を帯びた強い献身願望は危うさを伴うものでもある。したがって、現実時空において推奨するべきではないし、強要されるものでもない。このような危険性を回避するためにも多重化されることが重要である。

多重化された祈りの重要性

挿話であるので物語中のお話なのだが、第4次稿では外側の現実が加わったため、入れ子式に多重化している。内側に入る程、おぼろげなものとなる。

もともと蠍の、次の世での、「まことのみんなの幸」のためにわが身を使いたいという願い自体おぼろげなものである。おそらく蠍自身にもそれが何であるかはっきりわかっていたわけではないであろう。したがって、「まことのみんなの幸」を希求し、そのためにわが身を使いたいと心から望むとき、その願いは祈りとなる。何が「まことのみんなの幸」かわからない以上、そのために尽くせる自分であることを神や仏のような超越的な存在に祈るしかない。

心から他者のことを思っていたとしても、人間である我々は間違うこともある。たった一人だとしても相手の本当の幸いが何かをわかることは難しい。それでもなお、相手を思い、その幸せを願わずにいられないとき、残されるのは祈りだけである。ましてやそれがみんなの幸いであれば尚更困難であることは言うまでもない。

蠍の切実な願いは、祈りとなって聞き届けられる。夜空に輝く星となった蠍の献身は、時空を超えて多くの人々に与える無償の愛に基づいた祈りのなかで成就したといえよう。

蠍の願いは現実時空を離れたことで、さらにおぼろげなものとなった。そして、非常におぼろげだからこそ、一個の生命としての死を超えた祈りとなって重ね合わせることができるようにもなったのである。ジョバンニが蠍の物語を聞いて自分自身の決意をしたとき、星となった蠍の生命は時空を超えてジョバンニの願いと重なり合っている。

夜空のさそり座の輝きは、蠍の祈りとしてジョバンニの願いと重なり合ったからこそ、幻想の旅の終盤に「僕はもうあのさそりのやうにほんたうにみんなの幸のためならば僕のからだなんか百ぺん灼いてもかまはない」[十一 本167]と決意しているのである。そこには何重もの複雑な入れ子がある。まず、蠍の挿話の中にも現実の蠍の死と星になった蠍という枠がある。次にそれをお父さんから聞いた話として語る女の子と、聞くジョバンニがいる。その後蠍と同じ決意をするものの、夢から覚めて現実に戻る。

現実に戻ったジョバンニは蠍の祈りはもちろん、切符のことも顕在意識にはない。しかし、献身の祈りや他者愛の決意は、現実時空のジョバンニにうっすらとおぼろげに重ね合わされている。だからこそ読者は、ジョバンニに成長したたくましさを感じるのであろう。そこに賢治の登場人物に対する信頼を見て取ることができるし、その信頼は読者である子どもたちにも向けられている。

2　見えない世界とすべての子どもたちを信頼する

幻想世界での決意と現実世界での決意の相違

〈児童文学ファンタジー〉は、おとぎ話とは一線を画す、現実と空想の多重構造となっている。最終形の第4次稿は、そうした現実と空想の多重構造となったことで、描き出される現実と空想がそれぞれおぼろげな影響を与え合っている。

アンデルセンやC・S・ルイス、賢治の創作には、作者や読者の現実も一つの層をなすものとして含み込んだ入れ子構造になっていることは、先に述べたとおりである。

したがって、「銀河鉄道の夜」の最終形への改稿にも、賢治の現実が入れ子のように取り込まれたとみることもできよう。その際、大きく関わっているのは、本書で何度も取り上げているトシ子の死の受容とそれに関わる宗教的死生観の変容である。

銀河宇宙への旅は、しばしば妹トシ子の死とも重ね合わされるカムパネルラの死出の旅路であった。とはいえ、物語において表象されている妹の死は、その悲しみを詠った『永訣の朝』をはじめとする詩歌三部作とは様相が異なる。

主人公であるジョバンニは、物語中でカムパネルラの死を乗り越えているからである。カムパネルラが突如姿を消した時のジョバンニの様子は、第3次稿では以下のように描かれている。

「カムパネルラ、僕たち一緒に行かうねえ。」ジョバンニが斯う云ひながらふりかへって見ましたらそのいままでカムパネルラの座ってゐた席にもうカムパネルラの形は見えず〔〕ジョバンニはまるで鉄砲丸のやうに立ちあがりました。そして誰にも聞えないやうに窓の外へからだを乗り出して力いっぱいはげしく胸をうって叫びそれからもう咽喉いっぱい泣きだしました。もうそこらが一ぺんにまっくらになったやうに思ひました。［十本173〜174］

カムパネルラを失って、悲しみに打ちひしがれているジョバンニに対して、黒い大きな帽子の大人が現れて優しい語り口で慰めつつ、きっぱりといつまでも悲しんでいてはいけないと諭す。

ジョバンニははっと思って涙をはらってそっちをふり向きました。さっきまでカムパネルラの座ってゐた席に黒い大きな帽子をかぶった青白い顔の瘠せた大人がやさしくわらって大きな一冊の本をもってゐました。

「おまへのともだちがどこかへ行ったのだらう。あのひとはね、ほんたうにこんや遠くへ行ったのだ。おまへはもうカムパネルラをさがしてもむだだ。」

「ああ、どうしてなんですか。ぼくはカムパネルラといっしょにまっすぐ行かうと云ったんです。」

「あゝ、さうだ。みんながさう考へる。けれどもいっしょに行けない。そしてみんながカムパネルラだ。おまへがあふどんなひとでもみんな何べんもおまへといっしょに苹果をたべたり汽車に乗ったりしたのだ。だからやっぱりおまへはさっき考へたやうにあらゆるひとのいちばんの幸福をさがしみんなと一しょに早くそこに行くがいゝ、そこでばかりおまへはほんたうにカムパネルラといつまでもいっしょに行けるのだ。」［十本174］

この言葉にジョバンニは勇気づけられ、「さあもうきっと僕は僕のために、僕のお母さんのために、カムパネルラのためにみんなのためにほんたうのほんたうの幸福をさがすぞ」［十本176］と気を取り直して決心する。

大切な友人であるカムパネルラの死の超克には、法華経的な現世主義の教示が不可欠となっており、求められている。こうした死の超克のありようは、一人の人間としての個というものを完全に滅した梵《ぼん》我《が》一如《いちにょ》の境地であるし、また法華経信奉者に特徴的な、徹底した現世主義とみることができる。

第3次稿では、全体として通底していたジョバンニの悲しみが強まったことは既に述べたが、それは現実味を帯びるものとなったからである。物語の中のカムパネルラとの別れの超克は、実人生のトシ子との死別の宗教的超克と同一のものとなっていったのである。

だからこそ、黒い帽子の大人やセロのような声、ブルカニロ博士の言葉は、ジョバンニに対してカムパネルラを失った悲しみを、宗教的決意表明に置き換えることで乗り越えさせようとするものとなっているといえる。みんながカムパネルラなのだから、あらゆるひとのいちばんの幸福をさがし、みんなと一緒にそこに行くことで、ほんとうにカムパネルラといつまでも一緒に行けるのだ、と個への執着を全体への愛に転換することが促され、ジョバンニもそれに応じて決意表明するのである。

現世主義を超えた信頼の獲得

ところが、最終形第４次稿では、そうした部分はすべて二重線が引かれて削除された。涙が流れているという有機的な繋がりは持っているものの、銀河の旅の夢から覚め、物語中の現実に完全に戻ったジョバンニがそこにいる。

ジョバンニは眼をひらきました。もとの丘の草の中につかれてねむってゐたのでした。胸は何だかおかしく熱り頬にはつめたい涙がながれてゐました。［十一本168］

最終形では、ジョバンニは物語の中の現実に戻った後で、ザネリを助けようとしてカムパネルラが行方不明となっていることを知らされる。このことは、幻想世界の銀河鉄道におけるカムパネルラのいくつかのセリフや、その喪失とおぼろげに重ね合わせることができる。

そのため、「もう駄目です。落ちてから四十五分たちましたから」とその死を受け入れたカムパネルラの父親に対してそのことを告げようとする。

ジョバンニは思はずか〔け〕よって博士の前に立って、ぼくはカムパネルラの行った方を知ってゐますぼくはカムパネルラといっしょに歩いてゐたのですと云はうとしましたがもうのどがつまって何とも云へませんでした。［十一 本170］

夢で見た内容を思い出そうとしたり、誰かに伝えようとしたりするときに失われてしまうのと同様に、ジョバンニはうまく言葉にすることができない。しかし、ジョバンニの中に、カムパネルラの居場所に対する一つの確信が生まれる。

カムパネルラは「もうあの銀河のはづれにしかゐないといふやうな気がしてしかたな」いという生命の永遠性への信頼である。多重構造の中では、そうした確信は可能となる。カムパネルラの父親が、「川下の銀河のいっぱいにうつった方へじっと眼を送」［十一 本170〜171］っているのは示唆的で、ジョバンニの考えに作者は妥当性を与えているといってもよい。

この確信はトシ子の死の受容に置き換えることができる。トシ子の生きるもう一つの世界を構築することで、現実にはトシ子はいないけれども、彼女はそこに生きているという確信を得ているのである。このことは、現実の死を超えた生命の永遠性に対する信頼に他ならず、現実と空想が一元的な現世主義とは異なるものである。

宗教の超克に繫がる〈児童文学ファンタジー〉

現世主義は、近代においては、社会そのものをよくする役割を担ったところもあった。しかし、現実世界を理想郷に変えようとするとき、理想が高ければ高いほど実現は困難となり破綻しやすくなる。性急な現世主義への変革はかえって非現実的で、幻想化するというパラドックスを生むことはこれまでの歴史的事実からも明らかと言わざるを得ない。

賢治は最後まで法華経信仰そのものを捨てたわけではない。しかし、彼の極端な現世主義の修正を促したのは、現実の挫折というよりもむしろ、現実と空想が多重化した〈児童文学ファンタジー〉の創作活動とはいえないだろうか。そして、トシ子の死の受容を伴う物語を書くことは、死生観もまた大きく変化させたといえるのである。その死生観は、〈児童文学ファンタジー〉の多重構造の奥にある世界や生命の永遠性を信じることと深く関わっている。

これまで述べてきたように〈児童文学ファンタジー〉は、登場人物だけでなく、作者や読者も含めて、入れ子となっていく多重構造をもつ。現実とは異なる別世界を構築し、現実と空想が入れ子の多重構造のおぼろげなところに、命の繫がりが確信されていることは、先に挙げたジョバンニのカムパネルラの居場所に対する確信からもわかる。

こうしたことに鑑みると、第4次稿のジョバンニが物語の現実において、きっとほんとうの幸福を求めるとわざわざ決意表明をせずとも、そのままで十分信頼できると作者賢治は確信したようにも思われる。おぼろげな重なり合いを通した幻想世界での経験や思いが、いつかジョバンニの中で芽吹くのを信じて待つことを選択し、現世主義が緩んだのである。だからこそ、教えを諭す導き手も、現実に戻っても持ち続ける切符も必要なくなった。ジョバンニ自身の力で、今の困難な状況もきっと超えていくことができるという確信が、第4次稿にはある。高邁な決意した者だけが行ける理想的な世界の構築ではなく、ありのままの子どもの世界を心から信頼したともいえよう。

吉本隆明は、「宮沢賢治は、「宗派の神を信じている人のほうが、その宗派の神を信じていない人よりも下位にあるんだということを信じている人が保てたら、神はなんだかいまのところわからないとしても、それができたら、たぶん一歩だけ解決に近づくんじゃないか」とかんがえた最後のところのようにおもわれます」[155]と賢治の宗教観の到達点について述べる。

> わたしたちは現実の世界ではそういう人を見つけることがなかなかできない。思想でもおなじで、じぶんのもっている思想であれ、信じている思想であれ、かんがえてきた思想がいいとおもっています。他の人もじぶんのそれをいいとおもっているから、そこで対立もおこるわけです。じぶんの思想をもっている人、あるいは信仰をもっている人は、もっていない人よりも上位にあるとおもわない信仰者、思想者は誰もいないわけです。
>
> 宮沢賢治によれば、それはちがうんで、あらゆる宗派の神を超えた神、あるいは宗派の思想を超えた思想に到達できる方法があるんじゃないかということを説いているのです。そこが宮沢賢治の童話とか詩が文学、芸術であって宗教じゃないといいながら、なおかつ宗教的情念として受

けとることも読むこともできるところです。このことが、どこか作品のなかから宗教的なものが匂ってくる理由です。そこが宮沢賢治の到達したところのような気がします。[156]

吉本の指摘に従えば、賢治は宗教のもつパラドックスを創作によって超えたといえるであろう。

賢治の願いと祈り

「銀河鉄道の夜」の初期形から最終形まで残されているのは、幻想世界の中での「ほんたうにみんなの幸のためならば」「僕のからだなんか百ぺん灼いてもかまはない」というジョバンニの決意、さらに「けれどもほんたうのさいはひは一体何だらう」［十本128〜129、173、十一本167］という問いである。

これらは、賢治の生涯において一貫していた願いや命題であった。

小児科医であり、精神科医でもあったウィニコットによれば、「夢は、中間的で原象徴的な世界にあり、同時に象徴でもありうる」という。[157]

ジョバンニにとっての銀河鉄道の旅は、第4次稿では夢であり、ウィニコットのいう中間領域であるといえる。人間が生きていくうえで、変化するための移行期間としての現実と空想の中間領域の重要性をウィニコットは指摘した。中間領域は、どちらでもあり、どちらでもない、という二つのものが重なり合ったところである。

〈児童文学ファンタジー〉の観点からみると、ジョバンニの決意が第4次稿の中間領域でもあり、同時に第4次稿全体が賢治と読者にとっての中間領域であるという入れ子構造が作り出されているのである。

童話集『注文の多い料理店』序の「これらのちいさなものがたりの幾《いく》きれかが、おしまひ、あなたのすきとほつたほんたうのたべものになることを、どんなにねがふかわかりません」という結語は婉曲的で、「おしまひ」という言葉に、賢治の深い祈りが込められているように思われる。これらを性急に現実世界で実現させることよりも、現実と空想が多重化されたなかで、「おしまひ」「ほんたうのたべものになること」［十二本7］を信頼することを、賢治は選んだといえる。

つまり、今すぐではなくとも、いつかそうなることを願っているのであり、時空を超えている。したがって、前述の蠍と同じように、願いというよりも祈りに近く、そこには自らの童話と子どもたちに対する全幅の信頼がみてとれる。

おぼろげな重なり合いを信頼できるとき、現実時空におけるジョバンニの決意はそれほど意味をなさない。たとえ口に出して宣言しなくとも、空想世界での決意をいつか思い出すかもしれないし、たとえ思い出さないとしても、既にその影響をおぼろげながらも受けていることには違いないのである。

賢治は〈児童文学ファンタジー〉を創作するなかで、「イーハトーヴ」と名付けた様々な位相がありながらも均衡と調和が保たれている世界があることに気付き、そこに自らも進み入った。その混沌の中で己を空しくし、自分も入り混じった状態で、新たに均衡と調和が保たれた世界を構築したのである。

そこに読者も入っていくならば、同じような再構築が起こるという確信に至ったことが、「銀河鉄道の夜」の改稿過程から見て取れる。多重構造をもつ〈児童文学ファンタジー〉には、このような現実を超える力があり、その創作を通して賢治は、現実時空に固着した現世主義を超えたといえるだろう。

そこに賢治の独自の宗教世界が繰り広げられているわけだが、作者と読者、作品と登場人物も含み込まれた、現実と空想のおぼろげな重なり合いを感得することで、常寂光土としてのありのままの現実と世界を信じるに値するという確信に繋がったのである。

終章　〈児童文学ファンタジー〉の星図の中に輝く

本書は、〈児童文学ファンタジー〉という新たな視点をもって、その特性や連なりをみてきた。アンデルセン童話が輝かせた星々やその連なりである星座とみるとともに、それらを全体像としての星図と捉えることを試みた。

〈児童文学ファンタジー〉の作家たちが答えを見出だそうと試みているのは、古来、人間が持ち続けてきた、生と死の謎に対する問いである。それは、〈児童文学ファンタジー〉の星図においても北極星《ポラリス》のように中心に輝く星であった。

妖精物語と児童文学を繋ぐアンデルセン童話は、〈児童文学ファンタジー〉の基礎を築いたが、そこでは異なる二つのものが重なり合って統合されていた。生と死はもちろん、現実と空想、前近代と近代、科学と詩など、本来相容れないものが同時に知覚された二重写しの世界となっていたのである。

他にもたくさんの星々がアンデルセン童話には輝いていた。それらは「マッチ売りの少女」や「みにくいアヒルの子」、「人魚姫」のように著名な物語はもちろん、「鐘」や「ヒナギク」や「野の白鳥」のようにほとんど知られていない作品にもみることができた。それぞれの物語のなかのたくさんのきらめく星は、見返りを求めない無償の愛や献身、揺るぎない信頼、自尊感情などである。それは人間だけでなく、生物から無生物までもが対象となり、常識の不等号を鮮やかに反転させる顛倒の面白さもあった。これらの星々は連なって一つ一つの物語の中で星座を形成している。

例えば、愛と信頼、自尊感情の連なりはしばしば見られ、星座をつくっている。その自尊感情は、自己肯定感や自信の源であり、どんなに困難な逆境にあっても、それが好転するまで思いを貫く強さと持続力を支えるのである。さらに自尊感情は、他尊感情を育み、他者愛に繋がったり、顛倒の面白さや世界に対する信頼に展開したりしていたのである。

さらに、物語間の連なりも星座として観察できた。〈児童文学ファンタジー〉は近代以前の古い物語である、アラジンのモチーフにまで遡ることができるとともに、少女の愛と献身として現代の物語のヒロインたちにも受け継がれている。古来のものを受け継ぎ、その基礎を作ったアンデルセンの作品は、その後の様々に展開した児童文学や現代的な作品とも、有機的に繋がって星座を形成しているといえよう。

現代社会において人気を博している多くの映像作品は、〈児童文学ファンタジー〉を継承するものである。そのことは本来児童文学が規定していた、読者としての「子ども」や文字としての「文学」を超えて広がっていることを意味している。

また、入れ子の多重構造も、それらを可能にする受け皿として通底している。この点において多重構造もまた〈児童文学ファンタジー〉の特徴を表す星座とみることができる。

〈児童文学ファンタジー〉に限らず、いわゆる「ファンタジー」と呼ばれる空想的な作品は、現実と空想の往還、すなわちA↓B↓A'の枠物語の構造を取ることが多い。しかし、本書では、ファンタジーの中でも特に子どもが意識されている作品に限定したうえで、空想世界にもまたその奥の世界があったり、著者や読者の現実と空想まで含み込んだりするような、何重もの入れ子構造をもっているものを〈児童文学ファンタジー〉と規定し、その繋がりに目を向けたのである。

そこで見出だされたものは、別々の作者による、時代も国も媒体も異なる作品同士の繋がりである。それもまた〈児童文学ファンタジー〉の大きな星座であり、その全体像を星図として眺める際にはとりわけ重要な意味をもつ。

自らの好んだ物語や創作した物語が共通する特性をもち、作品同士の間にも緩やかな繋がりがあることに着目したのが、宮沢賢治であった。賢治は、自らの童話がそれらに連なるものであることに自覚的であったし、またその全体像をイーハトーヴという概念で表そうとした。

賢治は、自分の作品が〈児童文学ファンタジー〉の核を有し、それらと連なるものであることを強く意識して創作すると同時に、その中に日本の原風景や法華経的信仰観を織り交ぜて独自の世界を展開させた。その際、自らの創作した作品群が一つのまとまった全体を構成しているものとして表象しようとしたことは画期的であった。

賢治が全体像に意識的であったのは、童話創作が宗教的創造活動であったことと無関係ではない。創作活動と宗教的な思索は相関していたからである。当時輸入された多くの童話・児童文学に触れることによって〈児童文学ファンタジー〉の星や星座を感得し、それを自作の童話に活かしたことは、法華経理解と宗教的死生観に独自性をもたらした。

創作活動は、賢治自身が感銘を受けた〈児童文学ファンタジー〉が内包する愛や信頼の要素や、入れ子となった多重構造をさらに味得させたのである。そして、賢治は実人生においても自他と世界、生命の永遠性への信頼を、おぼろげな二重写しの世界を通して確立していったと考えられる。

特に、晩年における「銀河鉄道の夜」の改稿からは、〈児童文学ファンタジー〉の創作のありようが読み取れたが、そのことと相互作用的に宗教的思索の深まりも見られた。

まず、初期形（第1次稿から第3次稿）が出来上がってくる過程の中では、物語内での空想と現実とが次第に分化されていく様子が見られた。同時にそれは賢治自身の頭のなかで物語ができてくる過程でもあった。初期形では、切符を通してジョバンニの自尊感情が確立され、そこから他者愛にも展開していったのである。

初期形第3次稿と最終形第4次稿の最も大きな違いは、法華経的な教示と多重構造の有無である。法華経的な教示が第4次稿において削除されたのは、〈児童文学ファンタジー〉の創作が賢治の法華経的現世主義を変容させたことと関係している。法華経的現世主義とは、この世に誰もが幸せになる世界を築こうとする思想である。そこには献身願望も付随していたが、現実時空に固着した性急な試みにはどうしても無理が生じてしまう。羅須地人協会などの宗教的実践活動の挫折はそのことを物語っている。一見すると、その実践上の挫折が創作の上にも表れているかのようにも思われる。

しかし、「銀河鉄道の夜」の改稿を〈児童文学ファンタジー〉としてみると、賢治は高邁な理想そのものを失ったわけではないことがわかった。法華経的な現世主義は、自分が今生きている現実世界における高い理想の実現を目指すものであるが、そこでは現実が至高のものとして定位されている。

一方、〈児童文学ファンタジー〉は、「今・ここ」を意味する現実は多重化されるため固定されたものではなくなる。実現への願いは、信じることが基盤となった祈りに昇華され、現実の中に重ね合わされた理想として、おぼろげではあるものの確かに息づいているのである。

このことは、法華経如来寿量品第十六の中で仏の永遠の生命について語られていることと同様である。如来寿量品において、まもなく入滅を迎えようとしている目の前の釈迦仏の本体は、遥か過去から永遠の未来まで生き通しの仏であることが明かされる。要するに、現実の釈迦仏と永遠無死の久遠《くおん》本仏《ほんぶつ》とが二重写しになることで、現実時空に固着していた時間と空間が多重化するのである。

そうした二重写しや多重化は、心の中と眼前の現実とが同時に重ね合わされて知覚されるということに他ならない。そのおぼろげな中間領域では、目まぐるしく変わる現実と空想の均衡を保つ想像力の働きが重要となる。賢治にとっては信仰においても創作においても、想像力の働きが重要な意味をもっていたといえる。

最終形である第4次稿では、「銀河鉄道の夜」という物語自体の構造が多重化した。つまり、より一層複雑な入れ子構造となったのである。そこでは、〈児童文学ファンタジー〉の特徴である入れ子式多重構造が整ったことで、主人公のジョバンニの中にカムパネルラの死を超克する生命の永遠性への信頼が育まれた。現実の死を乗り越え、おぼろげながらも理想を心の中に持ち続けることが可能となったのである。

そのことはまた、ジョバンニ自身に対する信頼にも繋がっている。蠍の挿話における祈りは、ジョバンニの心の中に確立されたのであり、わざわざ現実世界での決意表明がなくとも信頼が寄せられるものとなった。

最終形第4次稿のジョバンニは、現実に戻って来ても、第3次稿のようにはっきりとした答えを受け取ってもいないし、自らも出していない。しかし、空想と現実の二重写しの中で、「カムパネルラはもうあの銀河のはづれにしかゐない」［十一 本170］と確信している。おぼろげながらも空想世界でのでき事が現実世界のジョバンニに影響を与えているといえる。それは常寂光土の世界であり、作者自身の信頼を表すものでもある。

賢治は、第4次稿において、ジョバンニの現実における決意表明を手放し、幻想世界における蠍の挿話から導き出された決意表明にすべてを託している。それはジョバンニがいつか思い出すことがあるかもしれないことを信じつつ、そのままの現実時空の登場人物を信頼しているのである。

要するに、賢治は、物語と子どもたちとを信じてすべてを委ね、手放したのである。童話集『注文の多い料理店』の序には、子どもに対する時空を超えた信頼がある。多重構造の物語と子どもたちに対する無条件の信頼は、人間の想像力に対する信頼でもある。

『注文の多い料理店』の序では、その多重構造の中に読者もまた入ることが期待されていた。本書では学校教育における教材としての賢治童話も取り上げたが、現実と空想が二重写しとなった入れ子の多重構造には、それを読む読者も入れ子の中に含みこまれ得る。

現実とは異なる、登場人物の視点に立って世界をみることとは、一旦自身の現実と空想のバランスを崩すことでもある。そこから再び調和を取り戻すためには、新たな均衡を保つ地点を模索する必要がある。すぐにはその地点が見つからずに、再び均衡が保たれるまで、じっと耐えて待っていなければならないこともあるだろう。

そのため、不思議さのなかで、そうした物語を読むことが何の役に立つのかすぐにはわからないかもしれない。しかし、迅速に的確な答えを出すことが求められる学校教育の中では、曖昧さに耐え、むしろそれを楽しめることが生きる力を育む貴重な機会を提供するものであると考える。

換言すれば、それは、登場人物と読者双方の子どもたちに対する無条件の信頼でもある。一人ひとりの子どもが、それぞれ経験を積むなかで学んだことを理解し、いつか思い出す日を待ち望んで見守ることはまた、子どもから成長した大人に対しても同じ信頼を向けていることになる。

根底のところに信頼があるので、今現在がどうであれ、信じて待つことが可能となる。なぜなら、それはただ忘れてしまっているだけであって、物語世界との邂逅により重ね合わされたものを「思い出す」ことさえできれば、いつでも再び蘇るものだからである。

本書でも取り上げた宮崎駿監督の『となりのトトロ』の「忘れものを、届けにきました。[158]」というキャッチフレーズや『千と千尋の神隠し』の銭婆婆の「いちどあったことは忘れないものさ、思い出せないだけで[159]」というセリフが表しているのは、作者である大人が子どもとかつて子どもだった人に伝えようとする〈児童文学ファンタジー〉の働きである。

〈児童文学ファンタジー〉の星図を通して観察されたことをまとめよう。私たちは二重写しや入れ子構造をもつ〈児童文学ファンタジー〉の物語を通して、自分たちが生きている現実世界を再構築できる力を養っていることになる。その力は生と死という究極の問題まで含んだ、現実の様々な限界や困難を超えるものである。力の源には無償の愛と揺るぎない自尊感情、生命の永遠性への信頼があるが、それらははっきりと見えるというよりも、現実の奥に透きとおって見えるおぼろげなものであるがゆえに普遍性をもち、繋がり合うことができる。本書では、それらを星や星座にたとえ、その連なりをみるとともに、全体像としての星図と捉えて考察してきた。

星図の中には作品や登場人物だけでなく、作者や読者も布置される。〈児童文学ファンタジー〉を書いたり読んだりすることは、現実と空想とが複雑に入り混じりながらも均衡と調和を保っている多重化した世界に、自らも参入させていることになるからである。その混沌の中に自己を解放し遊ぶうちに、無意識のまま物語の内部に取り込まれた状態となり、再び外に出るときには、新たな均衡と調和が生まれて現実が再構築されるのである。

したがって、〈児童文学ファンタジー〉は、これからも引き続き連なる新たな星図を構成していく可能性をもっている。なぜなら、現代的な作品において、〈児童文学ファンタジー〉を継承する作品が次々と作られ、いっそう人気を得ているからである。

ディズニー・ピクサー映画「トイ・ストーリー」シリーズは、新作が登場するごとに興行収入を伸ばしているが、特に二〇一〇年にシリーズ第三作目として公開された『トイ・ストーリー3』は、前二作を大きく上回る大ヒットとなったし、二〇一三年（日本では二〇一四年）に公開された『アナと雪の女王』は、テーマソングとともに世界的な一大ブームとも呼べる流行現象ともなった。

また、二〇一七年には、「ハリー・ポッター」シリーズで一躍有名となったエマ・ワトソンをヒロインに迎え、『美女と野獣』が実写化された。一九九一年公開のディズニー・アニメーション映画のリメイクであったが、それまでの観客層を飛躍的に拡大して興行的な大成功となり、新たな彼女の代表作となったことは記憶に新しい。さらに、同年（日本では二〇一八年）に公開されたディズニー映画『リメンバー・ミー』は、メキシコを舞台に、日本のお盆にあたる「死者の日」を軸に、生命の繋がりや「心の中で生きている」ことの大切さを主題としており、生命の永遠性に対する信頼が描き出されている。

さらに二〇一九年には、同じくディズニー映画『アラジン』の実写版の公開も控えている。本書で繰り返し取り上げ、アンデルセンと賢治の創作に大きな影響を及ぼしたアラジンを主人公とした映画である。

一九九二年に公開されたアニメーション版では、愛や信頼が描かれていたが、アラジンの自尊感情は、複雑化したストーリー展開や、個性豊かな登場人物たちとの関係性のなかで次第に育まれていくものであった。特に、中東地域の超自然的存在であるランプの魔神・ジーニーとの友情は、アラジンが自己を信頼するうえで、大きな役割を果たしている。このことは、〈児童文学ファンタジー〉の星座である、種を超えた交歓であったといえよう。『美女と野獣』同様、より幅広い層の人々の心を捉える作品となることが期待される。

日本でも、宮沢賢治の継承者として宮崎駿監督の名が挙げられる。西洋のもの以上に顕著なのは、主人公を温かく見守り、「信じて待つ」大人たちが登場するということである。登場人物の子ども自身の力を信じて、待ってくれている大人の存在は、子どもたちを勇気づけるし、またそれは製作者側の、視聴者である子どもたちへの信頼であるという入れ子構造になっている。大人も、重要な役割をもってその入れ子構造に参画することが可能なのである。

〈児童文学ファンタジー〉のもつ力を、子どもたちは物語を愉しむなかで感得することができる。そして、大人たちもその力を信じて委ねることで、成長の過程の中で忘れてしまっていたものを「思い出す」ことが可能である。こうした循環の中で、連綿と繋がっていく〈児童文学ファンタジー〉の星図の中に輝く場所を、私たちの誰もが与えられているのである。

アンデルセン童話が継承して輝きを与えた星や星座は、ウォルト・ディズニーや宮崎駿という二〇世紀の巨星を経て、さらに二一世紀にもその継承者たちの優れた作品に連なり、新しい星図を生み出し続けている。〈児童文学ファンタジー〉の星図は、今後も時代のニーズに合わせて生み出される新しい物語の中で観測され続けるだろう。

注

1 谷本誠剛『児童文学入門』研究社、一九九五年、二頁。

2 一六九七年に、「シンデレラ」「眠れる森の美女」「赤ずきん」など、現代でもよく知られている物語が最初に本の形で印刷された。この語が、英語に取り入れられ、fairy tale となって一般化、定着した。

3 ハンフリー・カーペンター、マリ・プリチャード著、神宮輝夫監訳『オックスフォード世界児童文学百科』原書房、一九九九年、六七五頁。

4 定松正、本多英明編『英米児童文学辞典』研究社、二〇〇一年、一二七頁。

5 同前、一二七頁。

6 カーペンター著、神宮監訳、一九九九年、六七五頁。

7 アンデルセン著、大畑末吉訳、『わが生涯の物語』一九七五年、五頁。

8 大畑訳では、「今はそんな身なりのことなんか考えていませんでした」となっている（大畑末吉訳『完訳アンデルセン童話集（二）』岩波書店、一九九三年、三〇二頁。

9 山室静『アンデルセンの生涯』新潮社、一九七五年、一九三頁。

10 アンドリュー・バーキン著、鈴木重敏訳『ロスト・ボーイズ――J・M・バリとピーター・パン誕生の物語』新書館、一九九一年、七三頁。

11 「『小さな白い鳥』はジョージが書かせてくれているようなものだ」と、バリの手帳には書かれていた。同前、六八頁。

12 同前、七三～七四頁。

13 C・S・ルイス著、中村妙子訳『別世界にて』みすず書房、一九七八年、五九頁。

14 同じく四年生の定番教材である「ごんぎつね」が「これは、わたしが小さいときに、村の茂平《もへい》というおじいさんから聞いたお話です」という語りから始まるのもその一つである（『国語　四下　はばたき』光村図書出版、

15 二〇一一年、四頁)。
16 「Keatsが手紙のなかで述べている考えとして最も有名なもの」伊木和子注釈『キーツ書簡集』研究社、一九七〇年、一二六頁。
17 出口保夫『キーツ 人と作品』キーツ全詩集別巻、白鳳社、一九七四年、一一四頁。
18 田村英之助訳『詩人の手紙』冨山房、二〇〇四年、五三頁。
19 帚木蓬生『ネガティブ・ケイパビリティ 答えの出ない事態に耐える力』朝日新聞出版、二〇一七年、三頁。
20 同前、三頁。
21 同前、一九三頁。
22 同前、七七頁。
23 同前、七七頁。
24 大澤千恵子『見えない世界の物語』講談社、二〇一八年、二一六頁。
C・S・ルイスは、自分でもよくわからないが生涯の特定の瞬間に子どものための物語を書かなければ、「胸がはりさける」と考えるようになり、「書かずにおこうと思ったものを書かないですます」形式が「ファンタジー」だったと述べている。(ルイス著、中村訳、一九七八年、五二頁)

第一章
25 一八三五年二月一〇日付、B・S・インゲマン宛書簡。
26 Johan de Mylius, *Hr Digter Andersen*, København : G. E. CGAD, 1995, p.146.
27 日本児童文学学会編『児童文学事典』東京書籍、一九八八年、二九頁。
28 一八一二年が初版から一八七七年の第七版まで改訂された、子どもと家庭の教育を意図した『グリム童話集』が代表的。「白雪姫」「ヘンゼルとグレーテル」「狼と七匹の子ヤギ」などが有名。ペローの物語も題名や内容がやや異なる形で収載されている。

29 原話では、黒人の馬丁が、王様が何も着ていないことを指摘する（山室、新潮社、一九七五年、一六〇頁）。ゲオルグ・ブランデスは、アンデルセンを「デンマークでの子供の発見者」としている（山室静『アンデルセンの世界』サンリオ、一九七五年、三四頁）。

30 例えば、物語の中に現実にはあり得ない超自然的な存在が現れたり、動物が口をきいたりしても、登場人物が驚かないのは、その登場人物も同一次元にいることを意味している。

31 エリアス・ブレスドーフ著、高橋洋一訳『アンデルセン——生涯と作品』アンデルセン童話全集別巻、小学館、一九八二年、一〇四頁。

32 犬飼和雄監修『世界の中の児童文学と現実』ぬぷん児童図書出版、一九八七年、三二六〜三二七頁。

33 空想的な物語の場合、「人物」という言葉には、人間以外の超自然的な存在も含まれる。

34 ゲオルグ・ブランデス「童話作家としてのアンデルセン」、山室、サンリオ、一九七五年、四三頁。アンデルセンの生前に出た評論『批評と肖像』（一八七〇年）より、山室訳による。

35 日本アンデルセン協会『アンデルセン研究』第八号、一九八九年、五〇頁。

36 一八四三年一一月二〇日付、B・S・インゲマン宛書簡（山室静『童話とその周辺』朝日新聞社、一九八〇年、九一頁）。

37 山室、サンリオ、一九七五年、一四頁。

38 フランスのペロー童話に『親指小僧』（一六九七）という小さな男の子が主人公の物語があり、日本でも「一寸法師」などがよく知られている。

39 スイスの昔話研究者マックス・リュティによれば、昔話の登場人物はこのような感情をもたないことを特徴としてあげている（マックス・リュティ著、小澤俊夫訳『ヨーロッパの昔話』岩崎美術社、一九六九年）。

40 一八二〇年に電流の磁気利用を発見した物理学者、化学者。日本ではエルステッドと一般的に表記される。磁場のCGS単位エルステッドは、彼の名にちなんで付けられた。

41 アンデルセン著、大畑訳、一九七五年、七四頁。
42 E・ニールセン著、鈴木満訳『アンデルセン』理想社、一九八三年、一八一頁。
43 渡邊陸三訳『アンデルセン研究』甲陽書房、一九七〇年、一三九頁。
44 同前一四〇頁。
45 H・C・アンデルセン著、鈴木徹郎訳『アンデルセン小説・紀行文学全集8 スウェーデン紀行／ディケンズ訪問記／ポルトガル紀行』東京書籍、一九八六年、一八五〜一八六頁。
46 同前、一九一頁。
47 Johan de Mylius, *Hr Digter Andersen*, G. E. CGAD, 1995, p.316.
48 ブレスドーフ著、高橋訳、一九八二年、二四七頁。
49 アンデルセン著、大畑訳、一九七五年、一五八頁。
50 同前、三頁。
51 山室、一九八〇年、九〇頁。
52 別府哲・小島道生編『「自尊心」を大切にした高機能自閉症の理解と支援』有斐閣、二〇一〇年、九九頁。
53 同前、九九頁。
54 大澤、二〇一八年、一五八頁。
55 「いまや、お日様が海からのぼってきました。その光は、死のように冷たい海の泡をやさしくに温かく照らしました。人魚姫は死んだ気は全くしませんでした。明るいお日様の方をみると、なか空に、何百ものすきとおった美しいものが漂っていました。むこうに船の白い帆や空の赤い雲が透けて見えました。そのすきとおった美しいものたちの声は、そのまま美しい音楽のようでした。けれどもその音楽は、魂の世界のものなので、人間の耳には何も聞こえません。人間の目にはその姿が見えないのと同じように。翼はなくとも、空気のように軽いのでひとりでに空中に浮かんでいるのでした。人魚姫は、自分のからだも同じように軽くなって、泡の中からぬけ出て、だん

だん上の方へのぼって行っているのに気がつきました。」［SEH76］
56 詳しくは、大澤、二〇一八年、一五六〜一五九頁参照。
57 ケイト・D・ウィギン、ノラ・A・スミス編、坂井晴彦訳『アラビアン・ナイト』福音館書店、一九九七年、参照。
58 物語集は、アッバース朝（八〜一三世紀）のバグダードで編纂されたとされる。
59 Adam Gottlob Oehlenschläger（一七七九〜一八五〇）デンマークの詩人、劇作家。エーレンシュレーゲル、エーレンシュレーガーなどとも表記される。
60 フレデリック・デュラン著、毛利三彌、尾崎和郎訳『北欧文学史』白水社、一九七七年。六一〜六三頁。
61 同前、六三頁。
62 この物語も、教訓的には問題があると批判された。
63 ニールセン著、鈴木訳、一九八三年、一八〜一九頁。
64 鈴木徹郎『ハンス・クリスチャン・アンデルセン』東京書籍、一九七九年、四五二〜四五三頁。
65 初期のアンデルセン研究家として著名なゲオルグ・ブランデスは、この場面に非常に批判的である。『みにくいアヒルの子』の、あの高貴で堂々とした白鳥の話は、どのように終っているか。ああ、やはり家畜としてなのだ。ここにこの偉大な作家を許すのが困難な点の一つがある。……どうして君は君の霊感と誇りをもって、白鳥にこんな末路をとらせることができたのか？……庭の鳥としてパン屑やお菓子をもらうよりももっと価値あるもの——静かに水の上を滑る力や自由に空を飛ぶ翼のあることを、忘れさせてはいけない」としている（山室、一九七五年、四三〜四四頁）。
66 Erias Beredsdorff, Hans Christian Andersen. A Biography, SouvenirPress, 1975, p.154.
67 Johan de Mylius, Naturens Stemme i H. C. Andersens Eventyr, Odense Universitet, 1999, p.23.
68 op. cit., p.24.
69 鈴木徹郎、一九七九年、四五二〜四五三頁。

第二章

70 菅忠道『日本の児童文学　増補改訂版』、大月書店、一九六六年、二五一頁。

71 一九一五年（大正四年）、青年賢治が法華経を一読して「只驚喜し身顫ひ戰けり」という経験をしたとされている（草野心平編『宮澤賢治研究』十字屋書店、一九四七年、附録「年譜」六頁）。尚、同年譜には、一九〇五（明治三八年）、十歳の項に、「童話を好む。特に教室に於ける受持教師の話す童話に親しむ」とある（同四頁）。

72 法華経初読後のメモには、「太陽昇る」との記載があったといわれるが、公表されていないため現存したかは不明。

73「出家の対語。出家せず、家庭にあって世俗の社会生活を営んでいる者をいう」（中村元・福永光司・田村芳朗・今野達編『岩波仏教辞典』岩波書店、一九九二年、二九九頁）。

74 世界宗教百科事典編集委員会編『世界宗教百科事典』丸善出版、二〇一二年、三五三頁。

75 同前、三五〇頁。

76 当時、国柱会本部は静岡県三保の最勝閣。

77 高知尾智耀「宮沢賢治と法華経」大島宏之編『宮沢賢治の宗教世界』溪水社、一九九二年、六二〇頁。

78 金田一京助は「随想　啄木と賢治」の中で、上野公園における国柱会の屋外宣伝に参加する賢治の姿を見たことを驚きとともに語っている。また高知尾智耀は、「彼は、この入信後、非常なる熱誠を以て、正しい法華経の信仰を鼓吹し、遭う人ごとに入信をすすめ、田中智学先生の著書は次から次へと熟読し、又パンフレット類を盛んに施本し、当時国柱会から出していた日刊紙『天業民報』を公衆に掲出する等、所謂ファナチック（狂信的）に行動した」と述べている（高知尾著、大島編、一九九二年、六一八頁）。

79 宮澤清六「思ひ出」草野編、一九四七年、二九五頁。

80 八紘は全世界を指し、一宇はそれを一つの屋根の元にするという意味。この語が「国体の理想を示すという用法は、田中智学が用い始めたもの」（島薗進『日本仏教の社会倫理――「正法」理念から考える』、二〇一三年、二二四頁）。

81 そうした傾向は、法華主義的日蓮主義だけにみられたものではなく、出口王仁三郎が率いた大本教にも見られたものだから、当時の日本全体の思想的潮流の一つの大きな特徴であったといえる（島薗進『国家神道と日本人』岩波書店、二〇一〇年、一七〇～一七二頁）。

82 鎌田によれば、日蓮には、「一方で極めてナショナリスティックな日本観があり、他方では法華一乗の普遍主義的なインターナショナリズムが併存していた」が、「「久遠の本仏」観からくる法華インターナショナリズムによって日本的なナショナリズムを包摂」していた。一方、田中智学は「この日蓮的なナショナリズムとインターナショナリズムを、対西洋文明的な視点からインターナショナリズムを内含するナショナリズム、すなわち国家主義的日蓮主義として提示」したのであり、賢治には田中のような国家や国体の概念のイメージがまったく見られないという（鎌田東二『エッジの思想　翁童論Ⅲ』新曜社、二〇〇〇年、一四〇～一四一頁）。

83 大島宏之「宮沢賢治における宗教的側面の思考」大島編、一九九二年、六八頁。

84 同前、六七頁。

85 同前、六八頁。

86 中村元監修『新・佛教辞典　第三版』誠信書房、二〇〇六年、三〇〇頁。

87 中村元・福永光司・田村芳朗・今野達・末木文美士編『岩波仏教辞典　第二版』岩波書店、二〇〇二年、五四三頁。

88 同前、五四三頁。

89 同前、五四三頁。

90 続橋達雄編『『注文の多い料理店』研究Ⅱ』學藝書林、一九七五年、二一一頁。

91 同前、二一一～二一二頁。

92 儀府成一『人間宮澤賢治』蒼海出版、一九七一年、一七一頁。

93 賢治は、『アラビアン・ナイト』の邦訳と英語版の両方を読んでいただろうという説が有力だが、アラジンがウスノロのイメージと繋がっているかは不明。どちらかというと、アンデルセン童話『まぬけのハンス』に近い。

94 紀野一義「宮澤賢治の詩と法華経」大島編、一九九二年、五七〇頁。
95 同前、五七〇〜五七一頁。
96 「座談会　賢治童話は児童文学か」日本児童文学者協会編『宮沢賢治童話の世界』すばる書房、一九七七年、二一〜二二頁。
97 鎌田、二〇〇〇年、一八六頁。
98 中村他編、一九九二年、五六二頁。
99 藤井教公『仏典講座7　法華経　下』大蔵出版、一九九二年、七九七頁。
100 同前、八五三〜八五四頁。
101 大乗仏教では、「仏の住む世界は浄土とされ、この娑婆世界のような穢土《えど》には住むことができないとされる」（菅野博史『法華経入門』岩波書店、二〇〇一年、三七頁）。
102 中村他編、二〇〇二年、五三四〜五三五頁。
103 堀尾青史『宮沢賢治年譜』筑摩書房、一九九一年、三一一頁。
104 『国訳妙法蓮華経』を知友に印刷・配布することを遺言しており、最後まで法華経信仰を捨てていなかったことがわかる。「私の一生の仕事はこのお経をあなたの御手許に届け、そしてあなたが仏さまの心に触れてあなたが一番よい、正しい道に入られますように」［十六下 年 520］とのメッセージを父・政次郎に託している。
105 天澤退二郎『《宮澤賢治》論』筑摩書房、一九七六年、一二頁。
106 同前、一六頁。
107 梅原猛「修羅の世界を超えて」大島編、一九九二年、三〇〇頁。
108 同前、三〇四頁。
109 斎藤文一『宮澤賢治——四次元論の展開』国文社、一九九一年、四六頁。
110 出口、一九七四年、一一五頁。

111 帚木、二〇一七年、二七頁。
112 藤井、一九九二年、八五七頁。
113 同前、八五八頁。
114 同前、八五七頁。
115 華厳経の〈三界所有、唯是一心〉に由来する。「三界（欲界・色界・無色界）の現象はすべて一心からのみ現れ出た影像」（中村他編、一九九二年、三〇九頁）とする考え方。
116 斎藤、一九九一年、四八、五一頁。
117 「法華経如来寿量品で釈迦の成道の久遠を譬《たと》えた語」中村他編、一九九二年、二七九頁。
118 賢治が農村生活向上運動を目的として設立した私塾「羅須地人協会」における講義のために執筆した文章をまとめたもの。
119 小倉豊文『宮沢賢治「雨ニモマケズ手帳」研究』筑摩書房、一九九六年、三二一～三二三頁。
120 正しくは、「風からも光る雲からも［ぼくらに↓①諸君に］はあたらしい力［を↓①削］が来る。」
121 吉本隆明『宮澤賢治』筑摩書房、一九九六年、一五～六頁。
122 吉本隆明『ほんとうの考え・うその考え』春秋社、一九九七年、六二～六三頁。
123 吉本、一九九七年、三八頁。
124 同前、三八頁。
125 同前、三一頁。
126 雨ニモマケズ手帳に、「高知尾師ノ奨メニヨリ／1、法華文学ノ創作」と記されている（小倉、一九九六年、二三八頁）。
127 高知尾は、後に自ら語った法華文学について、「法華経の正しい信仰を持った作者が、その信仰のやむにやまれぬ発露として表現された芸術、それを法華文学と云ったように思われる」と述懐している。そしてその内容は、「作品となった材料よりもその芸術、材料を取扱った作者の心的本質に重きが置かれている」（高知尾著、大島編、

128 一九九二年、六二〇〜六二一頁)。
129 吉本、一九九七年、三一〜三二頁。
130 松田司郎、笹川弘三『宮澤賢治 花の図誌』平凡社、一九九一年、一二〇頁。
131 谷川雁「「呪の世界」へつづく変革」『仏教 no.13』法藏館、一九九〇年、一二二頁。
132 同前、一二三頁。
133 平成二七年度〜三〇年度用教科書では、東京書籍、学校図書の教科書に収載。
134 牛山恵は、「子どもはこの作品のみを読むことでは賢治の「反感」にはたどりつけない」としている(日本国語教育学会編『授業に生きる　宮沢賢治』図書文化社、一九九六年、一八頁)。
「空想の遊び友だちというのは、一般に友だちがおらず一人ぼっちの想像力豊かな子どもたちがしばしば空想によってつくりだすものとみなされている」。しかし「目に見えない「空想の遊び友だち」を兄弟や姉妹が共有してもつこともまれにではあるが報告されている」という(麻生武『心理学の世界　教養編3　発達と教育の心理学――子どもは「ひと」の原点』培風館、二〇〇七年、一三四、一三六頁)。

第三章
135 谷本誠剛『宮沢賢治とファンタジー童話』北星堂書店、一九九七年、一七二頁。
136 同前、一七三頁。
137 賢治が、父親を改宗させるため家出して訪れた国柱会で、高知尾智耀から「法華文学ノ創作」を奨められたとされるのは、一九二一年(大正一一)のことである。
138 それまでの全集や文庫本には両者を混淆したものが収められていた。
139 ポケットに金貨や鉄道に乗った際の切符が入っている奇跡的な出来事は、児童文学以前の妖精物語のようである。
140 最終形は、1　学校の授業、2　アルバイト先の活版所、3　病気の母のいる家というジョバンニの日常生活に始まり、銀河鉄道をともに旅したカムパネルラが溺死した事実を知らされて終わる。改稿過程が明らかになるまでは、作品の構造が整っていなかったため、子どもにわかりやすいということを重視する児童文学者からは、「物語が不透明で不分明、よくわからない、あるいは出来のよくない童話ではないか、といった意見」さえ出されていた。しかし、最終形で始めの三章と最後の一章の現実場面が加わったことでそうした意見は払拭されたのである（原子朗編『鑑賞日本現代文学第13巻　宮沢賢治』角川書店、一九八一年、一四三頁）。

141 小沢俊郎は、最終形には、初期形に見られたような「「みんなの幸」を求めて進む求道者」ではなく「さびしく孤独なジョバンニがいるだけ」（小沢俊郎「『銀河鉄道の夜』の世界」『小沢俊郎宮沢賢治論集』第一巻、有精堂、一九八七年、二三七頁）とし、中野新治は「「みんなのために生きようとするジョバンニ」であるよりも「辛い経験を乗りこえて安らいでいるジョバンニ」であるという印象をぬぐうことができない」（中野新治『宮沢賢治・童話の読解』翰林書房、一九九三年、一七八頁）とする。佐藤通雅は、「個から類へ昇華することによって回生が可能になったという、初期形における最も重要なテーマが欠落してしまった」（佐藤通雅『宮沢賢治の文学世界——短歌と童話』泰流社、一九七九年）しているとし、山内修は最終形を「根源的絶望を提示してみせた」（山内修『宮沢賢治研究ノート——受苦と祈り』河出書房新社、一九九一年）と読み、蒲生芳郎は初期形と最終形を取り混ぜた読みを評価している（蒲生芳郎「二つの「銀河鉄道の夜」——その初期稿と最終稿をめぐって——」『宮沢賢治1』洋々社、一九八一年）。なかでも斉藤文一は初期形をこそ賢治の思想的集大成として復活させるべきであるという強い立場をとり、最終形では抹消された部分の意味がかなり重いとする（斉藤文一「「銀河鉄道の夜」が甦る時」『宮沢賢治』第一四号、洋々社、一九九六年）。

142 中野、一九九三年、一七八〜一七九頁。

143 島薗進「「生存競争」と民衆的宗教運動」『天理大学おやさと研究所年報第3号』一九九七年、一〇九頁。

144 同前、一〇九頁。

145 同前、一〇九頁。

146 第2次稿の検札の際には、カムパネルラは切符を持っておらず、「もぢもぢしてたしかに持ってゐないやう」であるのを見て、ジョバンニが（僕が二人のをもってゐたかも知れない）という気がしてポケットを探るのである。そこで見つかったのが「四つに折ったはんけちぐらゐの大きさの緑いろの紙」［十本111］であった。ジョバンニの切符も一人分となったためか、「はがき」の大きさに小さくなっている。

147 多田幸正『賢治童話の方法』勉誠社、一九九六年、二六四頁。柴田まどか「雪に託した賢治の願い」『宮沢賢治15』洋々社、一九九八年、八〇〜八一頁。鈴木健司『宮沢賢治　幻想空間の構造』蒼丘書林、一九九四年、六八頁。山根知子『宮沢賢治　妹トシの拓いた道――「銀河鉄道」へむかって』朝文社、二〇〇三年、六頁。

148 賢治による題名列挙メモの中には、少年小説として、ポラーノの広場、風野又三郎、銀河ステーション、グスコーブドリの伝記が挙げられている。［十三下本330］

149 続橋達雄は「〈お前はもう夢の鉄道の中でなしに本統の世界の火やはげしい波の中を大股にまっすぐに歩いて行かなければいけない。〉云々の指示や激励がなくとも、〈一さんに丘を走って下り〉現実の生活に立ち向かうことになる。」として「一種の〝甘え〟とでもいうべき精神的なもろさから脱却した」（続橋達雄『宮沢賢治〈少年小説〉』洋々社、一九八八年、七六頁）とし、平岡弘子は「ブルカニロ博士に力強くまっすぐ進むと告げるジョバンニよりも、地上に戻ってから自力で牛乳を手に入れ、川を見つめながらカムパネルラを思うジョバンニの方が、大人びて自分の足でしっかり立とうとしている印象を受ける」とする（平岡弘子「改作過程におけるジョバンニの変容と成長」西田良子編『宮沢賢治「銀河鉄道の夜」を読む』二〇〇三年、二六三頁）。多田幸正はそこに仏教的意味での「自立した求道者」の姿をみる（多田幸正「「銀河鉄道の夜」論」『湘北紀要　第10号』一九八九年、八八頁）。

150 平岡著、西田編、二〇〇三年、二六一頁。

151 西田良子「四つの銀河鉄道の夜」同前、二二四〜二二六頁。

152 同前、二二四〜二二六頁。

153 偈とは「仏の教えや仏・菩薩の徳をたたえるのに詩句の体裁で述べたもの」（中村他編、一九九二年、二一八頁）。

154

155 吉本、一九九七年、六五〜六六頁。
156 同前、六六頁。
157 サイモン・A・グロールニック著、野中猛・渡辺智英夫訳『ウィニコット著作集 別巻2 ウィニコット入門』岩崎学術出版社、一九九八年、一〇三頁。

終章

158 スタジオジブリ・文春文庫編『ジブリの教科書3 となりのトトロ』文藝春秋、二〇一三年、二一六頁。
159 宮崎駿『スタジオジブリ絵コンテ全集13 千と千尋の神隠し』徳間書店、二〇〇一年、五八四頁。

参考文献

〈テキスト〉

『【新】校本宮澤賢治全集』全一六巻・別巻一（全一九冊）筑摩書房、一九九五～二〇〇九年。

H. C. Andersen, *Samlede Eventyr og Historier*, København, Jubilaeums—udgave,2001

〈和文参考文献〉

秋枝美保『宮沢賢治の文学と思想　透明な幽霊の複合体——開かれた自己——「孤立系」からの開放——』朝文社、二〇〇四年。

浅野仁・牧野正憲・平林孝裕編『デンマークの歴史・文化・社会』創元社、二〇〇六年。

麻生武『ファンタジーと現実』金子書房、一九九六年。

麻生武『発達と教育の心理学——子どもは「ひと」の原点』培風館、二〇〇七年。

天沢退二郎『宮沢賢治の彼方へ』思潮社、一九六八年。

天澤退二郎『《宮澤賢治》論』筑摩書房、一九七六年。

フィリップ・アリエス著、杉山光信・杉山恵美子訳『〈子供〉の誕生：アンシャン・レジーム期の子供と家族生活』みすず書房、一九八〇年。（Ariès, Philippe, *L'enfant et La Vie Familiale sous L'ancien Régime*, Paris: Éditions du Seuil, 1973.）

プリンス・アリソン著、立原えりか監修、黒田俊也監訳『ハンス・クリスチャン・アンデルセン：哀しき道化』愛育社、二〇〇五年。（Alison,Prince, *Hans Christian Andersen : the fan dancer*, London: Allison & Busby , 1998）

アンデルセン著、大畑末吉訳『わが生涯の物語』岩波書店、一九七五年。

H・C・アンデルセン著、大畑末吉訳『完訳　アンデルセン童話集』全七巻、岩波書店、一九八四年。

アンデルセン著、鈴木徹郎訳『アンデルセン自伝』潮出版、一九七二年。

(H.C. Andersen, *H.C. Andersens Levendsbog 1805-1831*, København, Schønberg, 1926.)

H・C・アンデルセン著、鈴木徹郎訳『アンデルセン小説・紀行文学全集8　スウェーデン紀行／ディケンズ訪問記／ポルトガル紀行』東京書籍、一九八六年。

安藤恭子編『宮沢賢治　日本文学研究論文集成』若草書房、一九九八年。

飯干陽『日本の子どもの読書文化史』あずさ書店、一九九六年。

伊木和子注釈『キーツ書簡集』研究社、一九七〇年。

シーラ・イーゴフ著、酒井邦秀他訳『物語る力——英語圏のファンタジー文学：中世から現代まで』偕成社、一九九五年。(Egoff, Sheila A., *Worlds within* : children's fantasy from the middle ages to today, Chicago : American Library Association, 1988.)

石井桃子・瀬田貞二・鈴木晋一・松居直・いぬいとみこ・渡辺茂男『子どもと文学』中央公論社、一九六〇年。

犬飼和雄監修『世界の中の児童文学と現実』ぬぷん児童図書出版、一九八七年。

ケイト・D・ウィギン、ノラ・A・スミス編、坂井晴彦訳『アラビアン・ナイト』福音館書店、一九九七年。

上田哲『宮沢賢治——その理想世界への道程』明治書院、一九八五年。

マリーナ・ウォーナー著、安達まみ訳『野獣から美女へ：おとぎ話と語り手の文化史』河出書房新社、二〇〇四年。(Warner, Marina, *From the beast to the blonde : on fairy tales and their tellers*, London : Chatto & Windus, 1994.)

牛山恵『子ども読者とひらく　宮沢賢治　童話の世界』冨山房インターナショナル、二〇一四年。

M・エリアーデ著、岡三郎訳『神話と夢想と秘儀』国文社、一九七二年。(Eliade, Mircea, *Mythes, rêves et mystères*, Gallimard, Paris, c1957.)

小倉豊文『宮沢賢治「雨ニモマケズ手帳」研究』筑摩書房、一九九六年。

大島宏之編『宮沢賢治の宗教世界』渓水社、一九九二年。

岡澤憲芙・村井誠人編著『北欧世界のことばと文化』成文堂、二〇〇七年。

長田弘『詩人であること』岩波書店、一九八三年。

小野隆祥『宮沢賢治の思索と信仰』泰流社、一九七九年。

小沢俊郎『小沢俊郎宮沢賢治論集』第一巻、有精堂、一九八七年。

恩田逸夫『宮沢賢治論』全三巻、東京書籍、一九八一年。

ピーター・カヴニー著、江河徹監訳『子どものイメージ文学における「無垢」の変遷』紀伊国屋書店、一九七九年。(Coveney, Peter, *The Image of Childhood: The individual and Society: a Study of the Theme in English Literature* ,s.l., Penguin Books,1967.)

片木智年『ペロー童話のヒロインたち』せりか書房、一九九六年。

ハンフリー・カーペンター著、定松正訳『秘密の花園――英米児童文学の黄金時代』こびあん書房、一九八八年。(Humphrey Carpenter, *Secret Gardens—A Study of Golden Age of Children's Literature*—,London,Unwin&Hyman,1985.)

ハンフリー・カーペンター、マリ・プリチャード著、神宮輝夫監訳『オックスフォード世界児童文学百科』原書房、一九九九年。(Carpenter Humphrey , Prichard,Mari, *The Oxford Companion to Children's Literlature*, London: Oxford University Press,1984.)

鎌田東二『エッジの思想　翁童論Ⅲ』新曜社、二〇〇〇年。

上笙一郎『日本児童文学研究史』港の人、二〇〇四年。

柄谷行人『日本近代文学の起源』講談社、一九八〇年。

河原和枝「大正のユートピア」亀山佳明、富永茂樹、清水学編『文化社会学への招待――「芸術」から「社会学」へ』世界思想社、二〇〇二年。

菅忠道『日本の児童文学　増補改訂版』大月書店、一九六六年。

菅野博史『法華経入門』岩波書店、二〇〇一年。

栗原敦『宮沢賢治　透明な軌道の上から』新宿書房、一九九二年。

工藤綏夫『キルケゴール――人と思想19』清水書院、一九六六年。

クリシャン・クマー著、菊池理夫・有賀誠訳『ユートピアニズム』昭和堂、一九九三年。(Kummar, Krishan, *Utopianism*, Milton Keynes,: Open University Press, 1991.)

サイモン・A・グロールニック著、野中猛・渡辺智英夫訳『ウィニコット著作集　別巻2　ウィニコット入門』岩崎学術出版社、一九九八年。

小森陽一他編『虚構の愉しみ』岩波講座文学6、岩波書店、二〇〇三年。

私市保彦『フランスの子どもの本』白水社、二〇〇一年。

ジョン・キーツ著、出口保夫訳『キーツ全集　第一巻』白鳳社、一九七四年。

儀府成一『人間宮澤賢治』蒼海出版、一九七一年。

草野心平編『宮澤賢治研究』十字屋書店、一九四七年。

ジャック・ザイプス著、鈴木晶・木村慧子訳『おとぎ話の社会史――文明化の芸術から転覆の芸術へ』新曜社、二〇〇一年。(Zipes, Jack David, *Fairy tales and the art of subversion : the classical genre for children and the process of civilization*, London : Heinemann, 1983.)

斎藤文一『宮澤賢治――四次元論の展開』国文社、一九九一年。

境忠一『宮沢賢治論』桜楓社、一九七五年。

定松正『英米児童文学の系譜』こびあん書房、一九九三年。

定松正、本多英明編『英米児童文学辞典』研究社、二〇〇一年。

定松正編『イギリス・アメリカ　児童文学ガイド』荒地出版社、二〇〇三年。

佐藤通雅『宮沢賢治の文学世界――短歌と童話』泰流社、一九七九年。

島薗進『国家神道と日本人』岩波書店、二〇一〇年。

島薗進『日本仏教の社会倫理——「正法」理念から考える』岩波書店、二〇一三年。

末木文美士『他者・死者たちの近代』近代日本の思想・再考3、トランスビュー、二〇一〇年。

鈴木健司『宮沢賢治　幻想空間の構造』蒼丘書林、一九九四年。

鈴木徹郎『ハンス・クリスチャン・アンデルセン——その虚像と実像』東京書籍、一九七九年。

スタジオジブリ・文春文庫編『ジブリの教科書3　となりのトトロ』文藝春秋、二〇一三年。

モニカ・スターリング著、福島正実訳、『野生の白鳥』、早川書房、一九七五年。

(Stirling, Monica, *The wild swan : the life and times of Hans Christian Anderson,* Collins ,London ,1965)

レジナルド・スピンク著、大畑末吉訳『図説アンデルセンの世界』学習研究社、一九七八年（Spink Reginald, *Hans Christian «Andersen» and his world,* Thames & Hudson Ltd ,London,1972.)

リリアン・H・スミス著、石井桃子他訳『児童文学論』岩波書店、一九六四年（Smith, Lillian. H, *The unreluctant years,* Chicago : American Library Association, 1953.)

世界宗教百科事典編集委員会編『世界宗教百科事典』丸善出版、二〇一二年。

関英雄『新編児童文学論』新評論社、一九六八年。

関口安義編『アプローチ児童文学』翰林書房、二〇〇八年。

J・R・タウンゼンド、高杉一郎訳『子どもの本の歴史』上、岩波書店、一九八二年。（Townsend,John Rowe, *Written for children : an outline of English-language children's literature,* London: Harpercollins Childrens Books, 1975.)

高杉一郎編著『英米児童文学』中教出版、一九七七年。

多田幸正『賢治童話の方法』勉誠社、一九九六年。

谷本誠剛『児童文学入門』研究社、一九九五年。

谷本誠剛『宮沢賢治とファンジー童話』北星堂書店、一九九七年。

田村英之助訳『詩人の手紙』冨山房、二〇〇四年。

続橋達雄『宮沢賢治・童話の世界』桜楓社、一九六九年。

続橋達雄編『『注文の多い料理店』研究Ⅱ』學藝書林、一九七五年。

続橋達雄『宮沢賢治〈少年小説〉』洋々社、一九八八年。

続橋達雄『日本児童文学の《近代》』大日本図書、一九九〇年。

出口保夫『キーツ　人と作品』キーツ全詩集別巻、白鳳社、一九七四年。

フレデリック・デュラン著、毛利三彌、尾崎和郎訳『北欧文学史』白水社、一九七七年。

デンマーク王立国語国文学会編、鈴木徹郎訳『アンデルセン小説・紀行文学全集』一～一〇、東京書籍、一九八六～一九八七年。

キース・トマス著、荒木正純訳『宗教と魔術の衰退』法政大学出版局、一九九三年。（Thomas,Keith, *Religion and the Decline of Magic*, London: George Weidenfeld &Nicolson,Ltd.,1971.）

鳥越信『日本児童文学』建帛社、一九九五年。

J・R・R・トールキン著、猪熊葉子訳『ファンタジーの世界――妖精物語について』福音館書店、一九七三年。（Tolkien, J. R. R., *"On fairy stories"*, *TREE AND LEAF*, London: George Allen & Unwin Ltd, 1964.）

ヴィック・ド・ドンデ著、富樫瓔子訳『人魚伝説』創元社、一九九三年。（Vic de Donder, *Le chant de la sirène*, Paris: Gallimard, 1991.）

中里巧『キルケゴールとその思想風土』創文社、一九九四年。

中野新治『宮沢賢治・童話の読解』翰林書房、一九九三年。

中野節子・水井雅子・吉井紀子『ファンタジーの生まれるまで』作品を読んで考えるイギリス児童文学講座1、JULA出版局、二〇〇九年。

中村元監修『新・佛教辞典　第三版』誠信書房、二〇〇六年
中村元・福永光司・田村芳朗・今野達編『岩波仏教辞典』岩波書店、一九九二年。

中村元・福永光司・田村芳朗・今野達・末木文美士編『岩波仏教辞典　第二版』岩波書店、二〇〇二年。

新美南吉、千葉俊二編、『新美南吉童話集』岩波書店、一九九六年。

西尾哲夫『図説アラビアン・ナイト』河出書房新社、二〇〇四年。

西田良子『宮澤賢治論』桜楓社、一九八一年。

西田良子『宮沢賢治――その独自性と同時代性』翰林書房、一九九五年。

西田良子編『宮沢賢治「銀河鉄道の夜」を読む』二〇〇三年。

日本イギリス児童文学会編『英米児童文学ガイド――作品と理論』研究社、二〇〇一年。

日本国語教育学会編『授業に生きる　宮沢賢治』図書文化社、一九九六年。

日本児童文学学会編『アンデルセン研究』、小峰書店、一九六九年。

日本児童文学学会編『児童文学事典』東京書籍、一九八八年。

日本児童文学者協会編『宮沢賢治童話の世界』すばる書房、一九七七年。

日本児童文学者協会編『徹底比較　賢治VS南吉』文渓堂、一九九四年。

日本文学研究資料刊行会編『日本文学研究資料叢書　高村光太郎・宮沢賢治』有精堂、一九七三年。

日本文学研究資料刊行会編『日本文学研究資料叢書　児童文学』有精堂、一九七七年。

日本文学研究資料刊行会編『日本文学研究資料叢書　宮澤賢治2』有精堂、一九八三年。

二宮素子『宮廷文化と民衆文化』山川出版社、一九九九年。

E・ニールセン著、鈴木満訳『アンデルセン』理想社、一九八三年。(Nielsen, Erling, *Hans Christian Andersen in Selbstzeugnissen und Bilddokumenten*, Hamburg : Rowohlt, c1958.)

アンドリュー・バーキン著、鈴木重敏訳『ロスト・ボーイズ――J・M・バリとピーター・パン誕生の物語』新書館、一九九一年。

橋本淳編『デンマークの歴史』創元社、一九九九年。

長谷川輝夫、大久保桂子、土肥恒之『ヨーロッパ近世の開花』世界の歴史17、中央公論社、一九九七年。

帚木蓬生『ネガティブ・ケイパビリティ　答えの出ない事態に耐える力』朝日新聞出版、二〇一七年。

浜田寿美男『身体から表象へ』ミネルヴァ書房、二〇〇二年。

早野勝巳『アンデルセンの時代』東海大学出版会、一九九一年。

原子朗編『鑑賞日本現代文学　第13巻　宮澤賢治』角川書店、一九八一年。

原昌『比較児童文学論』大日本図書、一九九一年。

藤井教公『仏教講座7　法華経　下』大蔵出版、一九九二年。

藤代幸一『アンデルセンの「詩と真実」』法政大学出版局、二〇〇二年。

船木枳郎『宮沢賢治童話研究』大阪教育図書、一九七二年。

キャサリン・ブリッグズ著、石井美樹子・海老塚レイ子訳『妖精の時代』筑摩書房、二〇〇二年。(Briggs, Katharine Mary, *The anatomy of puck : an examination of fairy beliefs among Shakespeare's contemporaries and successors*, London : Routledge & Kegan Paul, 1959.)

ヴィンフリート・フロイント著、木下康光訳『若い読者のためのメルヘン』中央公論美術出版、二〇〇七年。(Freund, Winfried, *Märchen*, Köln : DuMont Literatur und Kunst Verlag, 2005.)

分銅惇作『宮沢賢治の文学と法華経』水書房、一九八一年。

別府哲・小島道生編『「自尊心」を大切にした高機能自閉症の理解と支援』有斐閣、二〇一〇年。

Y＝M・ベルセ著、井上幸治監訳『祭りと叛乱』藤原書店、一九九二年。(Bercé Yves Marie, *Fête et révolte : de mentalites populaires du XVIe au XVIIIe siècle*, Paris: Hachette, 1976.)

堀尾青史『宮澤賢治年譜』筑摩書房、一九九一年。

堀内守『ルネッサンス・宗教改革期』世界子どもの歴史4、第一法規、一九八四年。

コリーン・マクダネル、バーンハード・ラング著、大熊昭信訳『天国の歴史』大修館書店、一九九三年。(McDannell,

Colleen, Lang Bernhard, *Der Himmel : eine Kulturgeschichte des ewigen Lebens*, Frankfurut am Main : Suhrkamp,1990.)

松浦暢『水の妖精の系譜——文学と絵画をめぐる異界の文化誌』研究社、一九九五年。

松岡幹夫『日蓮仏教の社会思想的展開』東京大学出版会、二〇〇五年。

松田司郎、笹川弘三『宮澤賢治 花の図誌』平凡社、一九九一年。

松村昌家教授古稀記念論文集刊行会編著『ヴィクトリア朝——文学・文化・歴史』英宝社、一九九九年。

ミハエル・マール著、津山拓也訳『精霊と芸術——アンデルセンとトーマス・マン』法政大学出版局、二〇〇〇年。

(Maar,Michael, *Geister und Kunst : Neuigkeiten aus dem Zauberberg*, München: Carl Hanser Verlag,1994.)

ルイス・マンフォード著、月森左知訳『ユートピアの思想史的省察』新評論、一九九七年。(Mumford, Lewis, *The story of utopias*, New York: Peter Smith, c1922.)

万田務『人間宮沢賢治』桜楓社、一九七三年。

万田務・伊藤真一郎編『作品論・宮沢賢治』双文社出版、一九八四年。

M・ミッテラウアー、R・ジーダー著、若尾祐司、若尾典子訳『ヨーロッパ家族社会史——家父長制からパートナー関係へ』名古屋大学出版会、一九九三年。(Mitterauer Michael , Sieder Reinhard, *Vom Patriarchat zur Partnerschaft : zum Strukturwandel der Familie*, München: C.H. Beck, 1977.)

ジョルジュ・ミノワ著、平野隆文訳『悪魔の文化史』白水社、二〇〇四年。(Minois, Georges, *Le diable*, Paris: Presses Universitaires de France, 2000.)

宮川健郎・横川寿美子編『児童文学研究、そして、その先へ（下）』日本児童文化史叢書41、久山社、二〇〇七年。

三宅興子『イギリス児童文学論』翰林書房、一九九三年。

宮崎駿『スタジオジブリ絵コンテ全集13　千と千尋の神隠し』徳間書店、二〇〇一年。

ヨハネス・ミュレヘーヴェ著、大塚絢子訳『アンデルセンの塩——物語に隠されたユーモアとは』新評論、二〇〇五年。(Møllehave,Johanes , *H.C.Andersens Salt om humoren i H. C. Andersens eventyr*, København: Lindhardt og Ringhof, 1985.)

ルドー・J・R・ミリス編著、武内信一訳『異教的中世』新評論、二〇〇二年。(Milis, Ludo, J.R., *The pagan Middle Ages*, England: Woodbridge,1998. Originally published in Dutch 1991.)

百瀬宏・熊野聰・村井誠人編『北欧史』世界各国史21、山川出版社、一九九八年。

森省二『アンデルセン童話の深層』筑摩書房、一九九八年。

山内修編著『宮沢賢治』年表作家読本、河出書房新社、一九八九年。

山内修『宮沢賢治研究ノート――受苦と祈り』河出書房新社、一九九一年。

山下聖美『賢治文学「呪い」の構造』三修社、二〇〇七年。

山根知子『宮沢賢治　妹トシの拓いた道――「銀河鉄道」へむかって』朝文社、二〇〇三年。

山室静『アンデルセンの生涯』新潮社、一九七五年。

山室静『アンデルセンの世界』サンリオ、一九七五年。

山室静『童話とその周辺』朝日新聞社、一九八〇年。

横山博編『心理療法と超越性――神話的時間と宗教性をめぐって』人文書院、二〇〇八年。

吉本隆明『宮澤賢治』筑摩書房、一九九六年。

吉本隆明『ほんとうの考え・うその考え』春秋社、一九九七年。

米田利昭『宮沢賢治の手紙』大修館書店、一九九五年。

米村みゆき『宮沢賢治を創った男たち』青弓社、二〇〇三年。

マックス・リュティ著、小澤俊夫訳『ヨーロッパの昔話』岩崎美術社、一九六九年。(von Max Lüthi, *Das europäische Volksmärchen : Form und Wesen*, Bern: A. Francke, 1947.)

C・S・ルイス著、中村妙子訳『別世界にて』みすず書房、一九七八年。

ハインツ・レレケ著、小澤俊夫訳『グリム兄弟のメルヒェン』岩波書店、一九九〇年。(Rölleke, Heinz, *Die Märchen der Brüder Grimm*, Germany: WVT Wissenschaftlicher Verlag Trier, c2000.)

渡邊陸三訳『アンデルセン研究』甲陽書房、一九七〇年。

和田利男『宮澤賢治の童話文學』不言社、一九四九年。


〈雑誌〉


『アンデルセン研究』一〜一九、日本アンデルセン協会、一九八一〜二〇〇一年。

『賢治童話の〈解析〉：國文學　第27巻3号』學燈社、一九八二年。

『現代宗教2003』国際宗教研究所編、東京堂出版、二〇〇三年。

『現代のエスプリ457：子どものいる場所』至文堂、二〇〇五年。

『湘北紀要　第10号』一九八九年。

『天理大学おやさと研究所年報第3号』一九九七年。

『仏教　no.13』法藏館、一九九〇年。

『宮沢賢治』一〜一七、洋々社、一九八一〜二〇〇六年。

『宮沢賢治――新しい賢治像を求めて：国文学　解釈と鑑賞　第55巻6号』至文堂、一九九〇年。

『宮沢賢治研究 annual』一〜一七、宮沢賢治学会イーハトーブセンター、一九九一〜二〇〇七年。

『宮沢賢治――脱＝領域の使者：國文學　第37巻10号』學燈社、一九九二年。

『宮沢賢治の全童話を読む：國文學　第48巻3号』學燈社、二〇〇三年。

〈欧文参考文献〉

Andersen, H. C., *Samlede Skrifter,-XXXIII,*København,C.A.: Reitzels,Forlag.1853-1879.

Andersen, H. C., *Samlede Digte, København,* Askehoug,2000.

Bach-Nielsen,Carsten & Ottesen, Doris, *Andersen & Gud: Theologiske Lasninger i H.C. Andersens Forfattaerskab,* København, Forlaget ANIS, 2004.

Barlby, Finn, *Det Dobbelte Liv om H. C. Andersen,* København, Dråben, 1993.

Berendsohn, Walter, *Fantasi og Virkelighed i H. C. Andersens "Eventyr og Historier",* Århus: Jydsk Centraltrykkeri, 1955.

Bredstoroff, Elias, *Danish literature in English translation, with a special Hans Christian Andersen supplement, a bibliography,* Copenhagen, Munksgaard,1950.
（エリアス・ブレスドーフ、高橋洋一訳『アンデルセン——生涯と作品』小学館、1982。）

Brüder Grimm, *Kinder- und Hausmärchen,* Leipzig : Philipp Reclam,1843.

Duve, Arne, *Symbolikken i H. C. Andersens Eventyr,* Oslo, Psychopress, 1967.

Egoff, Sheila, G. T. Stubbs, and L. F. Ashley, *Only Connect: readings on children's literature,* Toronto: Oxford University Press, 1969.
（猪熊葉子・清水真砂子・渡辺茂男訳『オンリー・コネクトIII』岩波書店、1978年。）

Hazard, Paul, *Les livres, les enfants et les homes,* Paris : E. Flammarion, c1932.（ポール・アザール、矢崎源九郎・横山正也訳『本・子ども・大人』紀伊國屋書店、1957年。）

H. C. Andersen-Centret, *Andersen and the World,* Odense: Odense University Press, 1993.

Holbeck, H., *H. C. Andersen Religion,* København, Det Schønbergske Forlag, 1947.

Jensen, Bonde Jørgen, *H. C. Andersen og genrebilledet,* København, Babette, 1993.

Grønbech, Bo, *H. C. Andersens Eventyrverden,* København: Povl Branners Forlag, 1945.

Lochhead, Marion, Renaissance of Wonder: *The Fantasy Worlds of C. S. Lewis, J. R. R. Tolkien, George MacDonald, E. Nesbit and Others,* San Francisco : Harper & Row, c1977.

Mylius, Johan de, *Hr Digter Andersen Liv digtning meninger,* København, G.E.Cgad,1995.

Mylius, Johan de, *H.C.Andersen – Liv og Værk 1805-1875,* København: Aschehoug, 1993.

Mylius, Johan de, *Forvandlingens pris H.C.Andersen og hans eventyr,* København: Høst & Søn, 2004.

Olrik, Axel, *Danske Folkeviser,* København: Gyldendalske Boghandel Nordiske forlag, 1913.

Pahuus Morgens, *H.C.Andersens livsfilosofi,* Årlborg : Årlborg Universitietforlag, 2005.

Perrault,Charles, *Histoires ou Contes du temps passé,* Paris: Larosse,1999.

Rasmussen, Bruno, *at du husker på det-noget om H.C.Andersen og Gud,* København: Unitas Forlag, 2005.

Schjødt, Jens Peter, *Det førkristne Norden: Religion og mytologi,* Danmark: Samlens Bogklub, 1999.

Sondrup, Steven, *H. C. Andersen Old Problems and New Readings,* Odense: H. C. Andersen-Centret, 2004.

Svend Grundtvig, *Danmarks Folkeviser,* København: Philipsens Forlag, 1882.

Sørnsen, E. Peer, *H. C. Andersen & Herskabet: Studier i borgerlig krisebevidsthed,* Oslo: Harald Rue, 1973.

Wullschlägar,Jackie, *Hans Chiristian Anderen :The Life of a Storyteller,* London, 2000.（ジャッキー・ヴォルシュレガー「アンデルセン：ある語り手の生涯』岩波書店、2005年。）

Zipes, Jack.David, *Breaking the magic spell: radical theories of folk and fairy tales,* Lausten, Martin Schwartz, Danmarks kirkehistorie, København: Gyldendal, 1987.

Zipes, Jack David, *Happily ever after: fairy tales, children, and the culture industry,* New York; London: Routledge, 1997.

Zipes, Jack David, *Hans Christian Andersen: The Misunderstood Storyteller,* New York: Taylor & Francis Group, 2005.

あとがき

本書の公刊にあたり、東京学芸大学出版会に大変お世話になりました。同出版会のまとめ役であり、東京大学宗教学研究室の先輩にあたる藤井健志先生には、ご多忙のなか、構想の段階からご助言を頂くとともに、拙稿に何度も目を通したうえでの的確なご指摘を頂きました。編集局の生田稚佳さんには、著者と二人三脚で丁寧に校正にあたってくださいました。年末の過密スケジュールにもかかわらず、最後までおつき合い頂いたことに感謝しています。

お二人のご尽力なくして、本書は完成しなかったといっても過言ではありません。本当にありがとうございました。

また、本書の内容を芸術的に表現する美しい装丁に仕上げてくださった、デザイナーの八田さつきさんにも心よりお礼申し上げます。

本書が、多くの方のお手元に届くことを、心より願ってやみません。

二〇一八年一二月二九日

大澤千恵子

大澤千恵子（おおさわ・ちえこ）

東京大学大学院人文社会系研究科宗教学宗教史学専門分野博士課程修了。博士（宗教学）。主な研究領域は、宗教児童文学、文学教育、死生学。現在、東京学芸大学教育学部准教授。著書に『見えない世界の物語――超越性とファンタジー』（講談社）、共著に河東仁編『夢と幻視の宗教史』上巻（リトン）、松村一男他編『世界女神大事典』（原書房）石井正己編『世界の教科書に見る昔話』（三弥井書店）、藤原聖子編『世俗化後のグローバル宗教事情〈世界編I〉』（岩波書店）等がある。

〈児童文学ファンタジー〉の星図 アンデルセンと宮沢賢治

二〇一九年一月二十五日　初版第一刷発行

著者　大澤千恵子
発行者　村松泰子
発行所　東京学芸大学出版会
東京都小金井市貫井北町四－一－一　東京学芸大学構内
郵便番号一八四－八五〇一
電話番号〇四二－三二九－七七九七
FAX電話番号〇四二－三二九－七七九八
E-mail upress@u-gakugei.ac.jp
http://www.u-gakugei.ac.jp/~upress/

装丁　八田さつき
印刷・製本　モリモト印刷株式会社

ISBN 978-4-901665-56-8